얘들아 모여라

동시가 왔다

사이사이의힘

창이 환한 교실 2

얘들아 모여라, 동시가 왔다.

탁선생님의 교육일기

1판 1쇄 인쇄 2011년 12월 15일
1판 1쇄 발행 2011년 12월 22일

지은이 탁동철
펴낸이 김두레

책임편집 이장곤
교열책임 김찬곤
디자인 김보경
캐릭터디자인 김환영
인쇄 천일문화사

펴낸곳 상상의힘
등록 제2010-000312호(2010년 10월 19일)
주소 135-880 서울시 강남구 삼성동 157-3 LG트윈텔 2차 1707호
영업 전화 070-4129-4505
팩시밀리 02-2051-1618
홈페이지 www.sang-sang.net

©탁동철, 2011

ISBN 978-89-965492-4-6 44810

얘들아 모여라

동시가 왔다

탁동철 씀

샨샨의힘

책을 읽는 분들께

아침에 교실에 들어가니 "시 읽어요, 읽을 거죠?" 하며 기대에 찬 눈빛으로 말을 건네는 아이가 있어요. 공부를 좋아하는 아이냐고요? 아니, 놀기 좋아하는 아이예요. 이 아이한테는 "시 읽어요"라는 말이 "놀아요"와 같은 말이에요. 시가 '놀잇감'이 되는 것이지요. 어떻게 놀까?

'하고 싶은 말 하며 놀기, 관찰하며 놀기, 경험, 발견, 노래, 춤, 연극, 새로운 놀이 만들기, 까불기, 촐싹거리기……' 얽매이지 않고 떠들고 움직여 자기를 드러내는 것. 그러니까 시읽기는 자기표현의 또 다른 길이에요.

아이들은 무엇이든 가지고 놀 수 있어요. 하지만 장난감 로봇이나 게임기처럼 이미 방법이 정해진 것은 좋은 놀잇감이 아니에요. 복잡한 것, 완전하게 갖추어진 것은 그것을 만들어낸 사람의 뜻에 따라 움직일 수밖에 없어요. 남의 뜻에 따라 움직이는 것은 정해진 틀에 자기를 넣어 갇히는 것과 같아요. 방 안에 사는 강아지처럼 스스로 길들여지는 것과 같아요.

놀잇감은 단순할수록 좋아요. 막대기 하나, 끈 하나가 차라리 좋은 놀잇감이에요. 단순해야 자유가 있어요. 단순해야 상상력이 피어나고 이제껏 없던 세계를 만들어낼 수 있어요. 아이들 둘레에는 좋은 놀잇감이 있어요. 동시가 있어요.

"시 읽어요, 읽을 거죠?"

예, 읽을 거예요.

꼭 잡아

김환영

오목눈이가
낭창이는 마른 풀대를
두 발로 움켜쥐고 톡톡
풀씨를 쪼으고 있다
성냥개비보다 가느단 발가락이
빨갛게 얼었다
나는 속으로 응원한다
'꼭 잡아'

아기가 긴 젓가락을 주먹으로 움켜쥐고
반들거리는 물국수를 쭙쭙 빨다가
젓가락 끝을 보며 부탁한다
"꼭 잡아"

나도 속으로 응원한다
'꼭 잡아'

"약한 것에 대한 응원."

시를 읽고 나서 아이가 한 말이에요. 와, 짝짝짝.

참 좋다고, 잘 보았다고 응원했어요. 사람 마음속에 온갖 것들, 거짓, 미움, 따뜻함 따위 온갖 출렁이고 꿈틀거리는 것 중에서 약한 것의 손을 꼭 잡겠다는 기운이 볼록 솟았어요. 싹이 되어 돋아났어요. 물기라든가 온기를 줄 수는 있지만, 가르치고 배울 수는 있지만, 싹트고 깨우치고 일어나는 것은 자기 자신의 몫이에요. 자기가 말한 것만큼, 자기가 표현하고 발견하고 만들어낸 것만큼만 자기 것이에요. 「꼭 잡아」를 읽고 "약한 것에 대한 응원"이라 말했고, 그것이 썩 훌륭한 발견이라는 믿음이 생겼고, 이제 아이는 그만큼 갈 거예요. 살며시 밖으로 내밀어 보았던 싹을 소중하게 튼튼하게 가꾸게 될 거예요.

이 책에 나오는 글은 2010년 3월부터 2011년 현재까지 교실에서 아이들과 시를 읽었던 이야기예요. 시로 놀았던 이야기예요. 경험을 깊게 하고, 북돋고, 새롭게 하고, 벽 너머의 세계를 보게 하고, 꿈꾸게 하고, 돌아보게 하는 기운은 어느 자리, 어느 순간에도 볼록 고개를 내밀겠지요. 함께 소중하게 가꾸고 싶어요.

2011년 12월

탁동철

차례

달라도 좋지

자유로운 눈으로

새로운 눈

새 눈
....

먼지
....

귀한 눈
....

층층나무
....

신발 한 짝
....

새 눈

　눈길을 걸어 학교에 간다. 온통 하얗다. 다음번 끼니를 기약할 수 없는 새들은 목청 높여 비탈로 나무로 자유롭다. 고속도로 찻길 잇는다고 끊어낸 자락도, 양수발전 송전탑 지날 자리마다 앓고 있는 산도 모조리 푹푹 덮었다. 묻어 감춘 자리는 아름답고 편하게 보인다. 하얗게 푹 덮어서 곁꾸미고 있다. 눈부신 평화다.

　속지 말자. 친절을 약속하는 것으로, 두근거림만으로 지난날을 덮을 수 있는 것 아니다. 작년에 만났던 한 아이는 끝내 자기 열등감을 털지 못하고 졸업식장에 섰다. 중학교 가면 우리 아이가 좀 나아질까요, 묻는 아이 엄마 곁에서 졸업식 내내 얼마나 죄스러웠던가. 한 아이가 훨훨 날지 못하는 한 아무리 새 눈이 내려 덮여도 새 세상 아니다. 되풀이 말아야지. 도무지 어찌할 줄 모르는 아이가 있다면 나도 도무지 어찌할 줄 모르는 인간이 되고 말겠다. 그 아이 손을 꼭 잡고 가겠다. 앞에서 잡아끌지 않겠다. 차라리 그 손에 끌려가고 말겠다.

　새로 맡은 5학년 교실로 들어갔다. 내가 자기들 담임 되었다고 얼굴 찌푸리는 아이는 아직 안 보인다. 몇 아이는 웃어주기까지 한다. 고맙고 부끄럽다. 올해 뭘 해보자고, 그럴 듯한 계획 말할 용기가 안

애들아 모여라, 동시가 왔다

난다. 아이들 얼굴 하염없이 보고 있는 지금이 좋다. 오래오래 바라보았다.

빨리 공부하자고 재촉한다.

"처음 만났을 땐 뭘 하는 거야?"

장승리에 사는 남자아이는 체육해요 체육해요, 여섯 번 같은 말 되풀이 한다. 밖에 나갈 거라고, 좀 기다려달라고 달랬다. 학교 앞에 사는 여자아이가

"아, 아무거나 빨리 해요. 좀 무섭게 해요. 딱딱 끊어서."

그래, 뭔 말이라도 해보자.

"나는 공부를 잘 못 가르치니까 니네가 나한테 가르쳐야 해. 내일부터 니네는 가르치러 학교에 와."
"그럼 수학 같은 어려운 건 어떻게 해요?"

어려운 건 같이 공부해서 서로 가르쳐주자고 했다.

"니네가 가르쳐 주지 않으면 나도 아무것도 안 할 거야. 네가 보고 듣고 생각하고 말한 것이 우리 공부의 시작, 이 교실의 시작, 이 세상의 시작."

여자아이가 공부는 안 할 거냐고 묻는다. 공부, 해야지. 받아쓰기를 하자고 했다.

"받아쓰기? 헐!"

하면서도 연필을 꺼낸다.

"아침에 학교에 오면서 본 것 들은 것 있으면 말해 봐. 문제 부른 사람이 검사하기."

여자아이가 손들었다.

"아침에 오는데 새가 나무에 앉아있어요."
"어디에 있는 새?"
"면사무소 앞에 있는 나문데, 모과나무요."
"어떻게 생겼어?"
"갈색이랑 꺼먼색이랑 하얀색이 섞인 새예요. 선생님 잠바 어깨에 있는 색이랑 비슷해요."

그렇다면 직박구리다. 오늘 아침 무리지어 쏘다니며 떠드는 것 나도 봤다. 내가 직박구리 생김새를 설명하자 어떻게 알았냐고, 바로 그 새라며 나를 칭찬한다.

"그 새가 뭘 하고 있었어?"

"둘이 앉아서 눈을 걷어내고 있었어요."

말을 더 줄여서 받아쓰기 문제를 불러주게 했다. 아이가 불렀다.

"모과나무에 직박구리 두 마리 눈을 막 걷어내고 있다."

아이들은 여자아이가 불러준 말을 공책에 받아 적었다. 나도 적었다.
'모과나무에 직박구리 두 마리, 눈을 막 걷어내고 있다.'
두 번째 문제는 안경 쓴 작은 남자아이가 불렀고, 우리는 받아 적었다.
'밭에 주황색 깃털 새가 목이 날아갔다. 몸이 딱딱했다.'
문제를 부른 두 아이가 일어서서 다른 사람이 받아쓰기 잘했는지 확인을 했고, 나는 두 문제 다 동그라미를 받아서 100점이다. 체육하자고 여섯 번 말한 남자아이가 자기도 하겠다고 문제를 불렀다.

"오늘 아침에 시내버스를 봤다."

이미 머릿속에 있는 건 본 게 아니다. 눈에 찍힌 버스 발자국이라도, 눈 밟으며 구르는 차바퀴 소리라도, 운전사 아저씨 얼굴 표정이라도 보고 말할 수 있으면 좋을 텐데. 하지만 잘 말하지 못해 실망한 네가 오늘 우리들 중에서 하느님이다.
저절로 본 것 말고 거기서 멈춘 것 말고 더 들어간 것. 뜻을 담아 마음을 담아, 눈까풀을 열어서 본 것, 귀를 기울여 들은 것.

'보려고 하면 개미 눈에 맺히는 눈물이 보인다. 개 이빨 사이에 낀 고춧가루가 보인다. 들으려 하면 거미 눈알 돌아가는 소리가 들린다. 눈 녹는 소리가 들린다.'

네가 본 것, 들은 것, 말한 것이 우리 공부의 시작, 이 교실의 시작, 이 세상의 시작.

'들으려 하면 들린다.'

연극놀이를 했다. 둘씩 짝을 지어 눈 가린 뒤 소리 신호를 내어서 자기 짝을 찾는 놀이다. 아이들이 마구 소리를 질러 교실에 온갖 소리들이 섞였지만 들으려고 하는 소리만 들리는 것, 아이들은 순식간에 자기 짝을 찾아냈다. 물건을 두드려서 짝을 찾고, 촉감으로 짝을 찾았다.

'보려고 하면 보인다.'

칠판에 '새 눈'이라 적었다. 어떤 눈일까.

솔방울 사이로 꾀꼬리새 눈이 보였다. 예진

오늘 새 눈이 내려서 길을 걷고 있는데 눈이 환하게 부셔서 눈을 찡그렸다. 준규

눈이 왔는데 또 새로 눈이 내려서 고속도로가 막혔다. 재성

나무에 돋는 눈. 희연

예진이가 갑자기 두 눈알을 안 쪽으로 당겨서 사팔뜨기 눈으로 나를 바라보더니 손가락으로 자기 눈을 가리켰다. 오, 그건 새로운 방법으로 보는 눈. 새 눈 맞네. 말한 것 모두 맞네. 말하지 않은 것 중에 한 가지, 사물을 새롭게 보는 눈에 대한 이야기를 꺼냈다.

'새롭게 보는 눈.'

이안이 쓴 「모과」라는 동시를 읽었다.

모두들 못생겼다고 하지만

모과는 얼굴이 아니고

주먹이다

돌덩이만큼 단단한

주먹이다

시를 읽고 나면 모과를 보는 새로운 눈이 하나 생기는 것이다. 이제부터 모과는 주먹이 되었다. 모과는 단단한 것, 단단하기 때문에 향기를 내는 어떤 것이다.

김환영이 쓴 「감 한 쪽」을 읽었다.

겨울비 오고 어두운데

까마귀 한 마리

입에 불을 달고 날아간다

찬비를 맞으며

감 한 쪽 물고 가는

어미 까마귀 부리 끝이

숯불처럼 뜨겁다

새빨간 홍시, 빨가니까 불을 물고 간다고 했다. _{재성}
자기 안 먹고 새끼 주려는 마음이 뜨거워서 감이 뜨겁다. _{예진}
새끼들 주니까 찬 겨울이 따뜻한 겨울. _{준규}
무거운 감 물고 가는 마음이 아이들 먹이니까 힘들어도 좋다. _{희연}
까치도 감 물고 가는 거 봤다. _{성래}

시인과 시를 읽은 아이들은 겨울 감홍시를 새로운 눈으로 보게 될 것이다. 이제부터 감나무에 겨울까지 달려있는 감홍시는 그냥 쭈글쭈글 감홍시가 아니다. 불이다. 어미의 뜨거운 사랑이다.

역사의 현장을 가보기로 했다. 목 잘린 새를 보았다는 밭에 갔다.

남자아이가 바로 요기라고, 조기서 동생이랑 놀고 있는데 갑자기 강아지가 킁킁거려서 따라가 보니 요기에 새가 죽어있더라고, 피가 안 말랐더라고, 목이 없더라고, 죽어있는 걸 저 큰 개가 갑자기 와서 두 손으로 휙 가져가서 뜯어먹었다고, 개가 먹는 걸 뺏어서 엄마가 버렸다고 한다.

직박구리 두 마리가 눈 털어내며 앉아있었다는 모과나무한테도 가 보았다. 여자아이가 새 앉았던 자리를 손으로 쓰다듬는다. 새는 이미 떠나갔지만 새가 앉았던 자리와 새를 본 눈과 새를 보았다는 말은 여전히 남아서 한 아이와 우리들을 키우고 있다. 보려고 하면 보인다. 들으려 하면 들린다. 자라려 하는 것은 자란다. 오늘부터 시작이다. 🐦

먼지

책장 앞턱에
보얀 먼지.

"먼지야, 자니?"

손가락으로
등을 콕 찔러도 잔다.
찌른 자국이 났는데도
잘도 잔다

　　　　— 이상교, 「먼지」

아, 좋다. 칠판에 적은 뒤 두어 번 소리 내 읽고 나니 다 외웠다.

"이 시를 쓴 분은 나랑 아주 친한 사람이야. 오늘 설악산에 놀러 온다기에 우리 교실에 잠깐 들르시라 했거든. 그분도 너희들이 보고 싫대. 잠깐만 기다려. 내가 모셔올게. 쉿!"

"진짜예요? 에이 뻥."

그러면서도 기대하는 눈치다. 우루루 뒷문으로 나가서 내다보는 걸 억지로 들여보냈다. 뒷문을 걸어잠갔다. 문 걸어잠근 뒤 나는 복도에 나가서 품속에 숨겼던 선글라스랑 여성용 둥근 모자를 꺼내 썼다.

드르륵 앞문을 열고 들어오며 앉아있는 아이들을 향해 손을 흔들었다.

"여러분, 안녕하세요. 나는 이상교예요."

재미있어 할 줄 알았는데 예상과는 전혀 다른 반응,

"뭐야, 아니잖아!"
"우리가 속을 줄 알아?"

몇몇 남자아이들은 아니잖아, 아니잖아, 하며 선글라스를 벗기겠다고 덤벼들고, 등에 올라타서 모자를 잡아채고, 바짓가랑이를 잡아당기고, 신발을 벗겨가고, 거짓말쟁이라고 막 꼬집고. 이건 도저히 수업을 계속할 수 있는 상황이 아니다. 몰려드는 아이들을 밀어내고 걷어차며 뿌리치다가 결국 오늘도 화를 내고 말았다.

"다 들어가! 제자리!"

자리에 돌아가서도 여전히 불만이다. 흥, 거짓말쟁이, 나쁜 놈, 하며 식식거린다. 겨우 진정시켰다. 아이들이 왜 이렇게 화를 내는지 모르겠다. 이상교가 우리 교실에 온다는 말을 진짜로 믿고 기대했나 보다. 그렇다면 비록 내가 나쁜 놈이란 소리를 듣고는 있지만, 연기를 썩 잘한 셈이 되기도 하는 것 아닐까. 아이들이 화를 내거나 말거나 아침에 집사람 양승숙한테 빌려온 모자와 딸한테 빌려온 선글라스는 꿋꿋하게 지켜낼 수 있었다. 모자랑 선글라스를 쓰고 있으니까 나는 아직 이상교다. 다시 친절한 목소리로 변해서

"저는 시를 잘 쓰고 싶은데요. 요새 시가 잘 안 돼요. 어떻게 하면 잘 쓸 수 있는지 말해주세요."

이렇게 말한 뒤 선글라스를 잠깐 벗고 협박을 했다.

"맘대로 해! 또 덤벼들면 가만 안 둔다. 뒤로 나가 벌을 서든가, 얌전히 자리에 앉아 대답을 하든가, 둘 중 하나야!"

그리고 다시 선글라스를 썼다. 협박을 당하고 나서야 나를 이상교로 인정해준다.

깊숙이 들어가요. 솔이
경험을 떠올려서 써요. 의현
작은 것을 본다. 영한
파고들어라. 솔이

더 이상의 대답은 없다. 자기 입으로 말을 하고는 있지만, 아직 자기 말은 아닐 것 같다. 누구한테 들은 말의 한 귀퉁이쯤 될 것 같다.

"아, 그렇게 시를 쓰면 되겠군요. 도와줘서 고마워요. 이제 시를 잘 쓸 수 있을 것 같아요. 호호호."

화장실이 급하다며 밖으로 나갔다. 더 막 가보자. 이번에는 선글라스 끼고 머리에 빗을 꽂고 들어왔다.

"안녕하세요. 저는 이상교 동생이에요. 언니가 바쁘다고 먼저 갔어요. 그래서 제가 대신 왔어요."

이젠 그냥 재미로 봐줘도 될 만한데, 유치하니까 그냥 피식 웃고 말라는 건데, 몇몇 남자아이들은 또다시 화를 내며 덤빌 기세다. 거짓말쟁이는 용서할 수 없다는 태도다. 도대체 왜들 이러시나. 나는 아이들을 이해할 수가 없다. 선글라스를 벗고 무서운 얼굴로 한바탕 협박을 한 뒤, 다시 선글라스를 쓰고 친절한 말투로 바꾸어서 말을 이어갔다.

"우리 언니가 쓴 시 어때요? 말 좀 듣고 싶어요."

"시가 너무 짧아요. 아쉬워요."
이건 시를 재미있게 읽은 아이의 대답일 것이다.

"거짓말로 한 거 같아요."

왜 그렇게 생각하냐고 물었다.

"먼지야 자니 하고 말하면서 보면 숨 때문에 먼지가 날아갈 수도 있잖아요."

쩝.

"먼지를 사람으로 생각하고 썼어요."

아, 좋다.

다시 밖으로 나가서 선글라스 벗고 머리빗 빼서 주머니에 넣고 원래 얼굴로 들어왔다. 아이들이 마구 떠들며 묻는다.

"아까 그거 선생님이죠? 이상교 선생님 아니죠?"

허 참, 당연한 걸 왜 물을까.

"이상교 선생님 다녀가셨어? 내가 너무 늦게 들어왔네. 이상교 선생님은 어떤 사람인 것 같아?"

"드러운 사람이에요. 그 사람 방은 드러울 거예요."

방에 먼지가 많기 때문이라고 대답하고 있지만, 이건 나에 대한 불만을 말하고 있는 것이다.

"책이 많은가 봐요. 책장에 먼지가……."

23
먼지

"그런데 책을 안 읽는가 봐요. 하도 안 읽어서 먼지가 두껍게 쌓여서 콕 찌르니까 찌른 자국이 났을 거 같아요."

"맞아, 이상교는 책을 안 보다가 어쩌다가 한 번 본 거 같아요."

하나마나한 말에 하나마나한 맞장구다.

이대로는 안 되겠다. 그분이 얼마나 아름다운 사람인지 소개를 하고는 다음으로 넘어갔다.

"시인은 보통 사람하고 어떻게 다른 거 같아?"

"시인들은 별거하고 다 얘기해요."

아, 좋다.

"그럼 먼지 말고 또 뭐하고 얘기할까?"

"풀! 꽃!"

"또 뭐가 있을까? 먼지처럼 눈에 잘 안 보이는 것."

"공기!"

"작아서 눈에 안 보이는 것도 있지만 안 보려 하기 때문에 안 보이는 것도 있겠지?"

아이들 대답 중에서 맘에 드는 걸 칠판에 적었다.

"마음"

"남의 아픔"

"생명"

이쯤에서 우리 모두 시를 쓰는 사람이 되자, 시인이 되자, 먼지, 남의 마음, 아픔, 생명을 보는 사람이 되자는 말을 했다. 그리고 작은 것, 사랑으로 보아주면 좋을 아주아주 작은 것들을 소리 없는 몸짓으로 표현해 보았다. 끝.

여기까지가 국어시간 끝이다. 이제부터는 국어시간 아니다. 잔소리 시간이다. 드디어 내가 맘속에 꽁하게 담고 있던 것을 꺼냈다.

"그런데 시인은 개미 목을 뚝 끊을까?"
"시인은 공벌레를 돌로 찧을까?"
"일부러 죽이고 나서 미안, 이렇게 말할까?"

내가 잔소리 공격을 퍼붓자 남자아이들 몇이 제발 그만하라며 두 손으로 귀를 막는다. 그저께 밭에서 공벌레며 풍뎅이 따위를 잡아 돌로 짓찧으며 좋아하던 아이들이다. 어제 종이컵에 뭘 담아 들고 와서 키울 거라며 자랑스럽게 내밀던 아이들이다. 종이컵에는 머리 없는 개미들이 다리를 달달달 떨며 죽어가고 있었다.

「먼지」를 읽고 며칠 지났다. 교실에는 내가 이상교 선생님 남편이라는 소문이 돌고 있다. 난 아이들을 이해할 수 없다. 🐞

귀한 눈

　바람이 밤새 와릉와릉 울며불며 할퀴며 대단했다. 학교 가는 길에 보니 난리다. 수돗가에 양동이는 저 멀리 날아갔고 고추두럭 씌운 비닐은 훌떡 벗어져 쫙쫙 걸레가 되었고 벚꽃 살구꽃은 한꺼번에 떨어졌다. 저 혼자 조심한다고 굳게 버틴다고 이겨낼 수 있는 바람이 아니었다.

　지난밤에는 사고도 많았다.

　주먹 같은 참개구리가 옆구리 터진 채 입을 딱 벌리고 죽어 있다. 튼튼 건강한 신체를 가진 놈이었다. 오랜 세월 단련하여 펄쩍펄쩍 멀리 뛸 단단한 허벅지와 탄력 있는 종아리를 가질 수 있게 되었고, 오줌을 찍 갈겨 위험을 벗어나는 기술을 익혔다. 그만하면 기죽지 않고 한세상 살아갈 만했다. 그러나 그가 어떤 노력을 해왔든 차바퀴 아래에서는 흙덩이처럼, 썩은 나무토막처럼 뭉개질 뿐이었다.

　배가 터져 죽은 도롱뇽이 있다. 촉촉 마르지 않는 피부를 유지하는 법, 밤에 활동하는 법, 아가미로 숨 쉬다가 자라서는 폐로 숨 쉬는 법, 구불렁 긴 알을 낳는 법 따위, 어떻게든 살아갈 궁리가 있는 놈이다. 그러나 바퀴는 빠르게 밟고 전진할 뿐이었다.

　무당개구리가 납작 깔려 죽어 있다. 곤란한 상대를 만나면 몸을 홀떡 뒤집어 시뻘건 배를 내보이며 정을 떼는 놈이다. 건드리면 재미없다, 나는 이래 막 나가는 놈이라는 '혐오'를 내세워서 험난한 세상을 버텨왔던 놈이다. 아직 꼬리를 달고 있는 어린 시절부터 제 부모의 흉내를 내며 몸을 뒤집어 죽은 척 할 줄 아는 놈이었다. 그러나 타고난 본능과 모든 수련의 결과들이 차바퀴 아래서는 뜻 없다. 아무리 잘 해보려 해도 자신의 의지와는 상관없이 그것은 닥쳐오고 만다.

오늘 아침엔 길바닥에서 죽은 것들에 대한 이야기를 해봐야겠다. 바람과 차바퀴, 뜻과 상관없이 이루어지는 폭력 이야기를 해봐야겠다.

길섶에 뱀밥이 쑥쑥 돋았다. 쇠뜨기 홀씨다. 오늘 아침엔 쇠뜨기에 대한 시를 읽어야겠다. 뿌리가 길어서 자꾸 파헤쳐 들어가면 지구 반대편이 나온다는 우스개 말이 있지. 그걸 써먹자. 재미있어 할 거야. 공룡시대에 살던 풀이라는 것, 아스팔트도 뚫고 올라온다고 하면 놀라겠지.

감나무 새순이 쑥쑥 나오고 있다. 거기 나뭇가지에 앉아 울던 참새가 날아갔다. 순이 얼마만큼 삐져나왔다고 말을 해줄까. 참새 혓바닥만큼이다. 감나무가 잠을 깼구나. 오늘 아침엔 감나무에 대한 시를 읽어야지.

학교 문간에 새가 죽어 있다. 요즘 자꾸 죽는다. 이놈도 유리창에 머리를 박고 죽었겠지. 오늘 죽은 새는 힝둥새다.

죽은 새와 뱀밥 세 개를 손에 들었고, 아스팔트 길바닥에서 죽은 동물과 감나무에서 뾰족 돋아나는 감잎을 마음에 두고 교실로 들어갔다.

교실 분위기는 어둡다. 자기들끼리 말싸움이라도 벌인 듯하나 괜히 참견 잘못했다가는 모든 걸 나 혼자 뒤집어쓰게 된다.

아홉 시다. 시작. 뱀밥을 등 뒤에 감추고 있다가 척 내밀며

"이게 뭔지 아는 사람?"
"……"
"그럼 이런 걸 본 적이 있는 사람?"

예진이 혼자 손을 든다. 아무 데나 있는데 왜 못 봤겠나. 마음으로 붙잡지 않았겠지. 지난주에 아이들과 미꾸라지 잡으러 갔을 때도 논둑에 허옇게 돋아 있었다. 그건 그럴 수도 있다. 알고 모르고가 뭔 상관이냐.

"이건 쇠뜨기 홀씨 줄긴데…… 요기가 퐁 터지면 홀씨가 퍼지고…… 공룡시대에도 살았고…… 아스팔트를 뚫고 올라오는 강한 생명력……"

이 정도 하면 관심 있다는 표정으로 뱀밥을 들고 있는 내 손을 말똥말똥 봐줘야 하는 것 아니냐. 이 녀석들 눈은 다른 데 가 있다. 나도 이내 시들해지고 말았다. 시작했으니 끝까지 가보기는 하자.

"1학년 아이가 쓴 시가 있는데 들어봐."

시를 읊었다.

뱀밥이 나왔다.

조그마한 게 하나 나왔다.

따스해서

"난 나가여"

하고 나왔을까?

— 시모다이라 게이꼬, 「뱀밥이 나왔다」

반응이 있을 것을 기대하며 말을 걸었다.

"이야아, 뱀밥이 말을 하네?"

"……."

"이게 봄에 가장 먼저 나오는 건데……."

"……."

흑.

다른 시를 꺼냈다. 이번에는 감동시키고 말리라. 읽기 전에 지구
본을 손에 들었다.

"이게 뿌리가 하도 길어서 호미로 자꾸 파들어 가면 지구 반대편
이 나온다네. 요기, 우루과이나 아르헨티나쯤."

뺑치지 마세요, 파들어 가면 타버리죠, 하고 말한 사람은 재성이다.

그래 뻥이다. 그런데 그 말 하면서 왜 찌푸리냐. 좀 웃어주면 안 돼?

　뭐 어쨌든 뽑아도 뽑아도 올라오는 이야기며, 지금 밭에서 벌어지고 있는 상황을 얘기해서 바람을 잡은 다음에 정성 들여 읽었다.

수건 쓴 아줌마 지나갔나?
그러면서
쇠뜨기는 다시 올라와요.

－임길택, 「봄, 쇠뜨기」

멀뚱멀뚱이다. 오늘은 왜 이러냐. 그래도 계속 가보자.
이번에는 감잎이다.

"드디어 감나무가 잠이 깼더라. 참새 혓바닥만큼 새잎을 내밀었더라고."

읽었다.

홍시를 꽃처럼 달고
겨울 밤 늦도록
이 새 저 새 불러 모아 놀더만

매화꽃, 산수유꽃, 배꽃, 복숭아꽃, 목련꽃
시간 없다 정신없다 모두 서둘러대도
혼자 꿈쩍 않고 잔다.

마음 졸이며 졸이며 봄볕이
귓등에 대고 간지럽혀도
세상 모르고 곤히 잔다, 감나무는.

– 이무완, 「늦잠」

별 반응 없다. 으, 이렇게 재미있는 시를 읽었는데, 요 멀쩡한 얼굴들이라니. 삐쳤다. 감나무 잎 못 봤냐고 물었다. 못 봤다고 대답한다. 그럼 감나무를 본 적이 한 번이라도 있는 사람 손 들어보라고 했다. 겨우 한 명이 손을 든다. 다른 아이들은 도대체 그런 신기한 식물이 세상에 있었냐는 얼굴이다. 와락 심술이 솟는다. 집집마다 감나무 없는 집이 없고 마을에 널린 게 감나무고 우리 학교에도 감나무가 늘어서 있다. 마을에서 제일 흔한 게 콧구멍으로 훅훅 들어오는 공기고 다음에 감나무 아니냐. 그런데 모른다 한다. 으으으. 속 터져. 그건 모를 수 있다 치자. 그런데 정성스레 읽어주면 감동을 하는 척이라도 해야 하는 것 아니냐.

"야아, 눈이 썩었네."

아이들이 머리를 팍 떨구더니 눈 치켜뜨고 본다. 드디어 반응이 뜨거워진 것이다. 에고, 좀 전까지는 내가 목에 눈에 힘을 주고 있었는데 이제 전세 역전이다.

"아니 그게 아니고, 나도 모르게 그만…… 『일하는 아이들』에 남경자란 아이가 쓴 시가 생각나서. '눈물도 썩어빠졌다. 눈을 고마 쑤셔 불라.' 이런 시가 있거든. 그래서 나도 모르게 그만……."

급히 둘러대려니 말도 더듬는다. 아름이가 흘끗 보더니 중얼거린다.

"선생님의 위기……."

눈치 하나 빠르다. 내가 나한테 성질난다. 말을 그따위로 해가지고는. 안 되겠다. 이대로 밀리면 아예 나쁜 말한 사람으로 굳어지고 말지. 정면 돌파. 막 나가자. 이왕 엎어진 물그릇, 아예 걷어차 버리자.

"니네 눈 썩은 거 맞다. 밖에 나가 봐. 다 나가."

감나무가 한 줄로 쫙 서 있는 뒤뜰에 갔다.

"봐라 저기 다 감나무다. 학교 뒤에도 있고 학교 오른쪽 옆에도 있고 왼쪽 옆에도 있고 학교 앞에도 있고 마을에도 있고 길에도 있고 우리 집에도 있고 니네 집에도 있고 밭둑에도 있고 고모네 집에도 있고⋯⋯. 눈만 뜨면 감나무다. 감나무를 몰라? 감나무를 첨 봤으면 이제라도 봐라. 이게 감나무고 이게 감잎이라는 거다. 이파리 나오는 거 봐라."

감나무를 실컷 보고 교실에 들어갔다. 다시 변명 시작.

"아까는 감나무를 못 봤으니까 썩은 눈이었는데, 이제는 감나무를 봤으니까 썩은 눈 아니다. 보석 같은 눈이야."
"⋯⋯."
"감나무 말고 요즘 또 본 거 있니?"

성래가 저번에 제비꽃을 봤다고 한다.

"장승리 가는 데 있었어요. 돌 틈에."
"우와, 제비꽃을 본 눈. 엄청나게 귀한 눈!"

도대체 어느 쪽 눈으로 봤냐고 하니까 손가락 두 개를 구부려서 자기 두 눈을 가리킨다.

"세상에서 귀한 눈을 가졌으니까 세수할 때 두 눈을 특별히 잘 닦아. 거기에 눈곱 끼어서 걸어가다가 눈곱이 뚝 떨어져서 발등을 찍힐 뻔한 사람도 있다더라. 거 왜 작년에 졸업한 일령이 형이라고."
준규는 돋나물을 어제 봤다고 한다. 민들레도 화단에서 보았다고 한다.

"우와, 돋나물을 본 눈!"

왼쪽 눈으로 봤다고 한다. 왼쪽 눈을 칭찬했다. 사실은 오른쪽 눈
으로도 봤다고 한다. 너는 이제부터 썩은 눈 아니라고 했다.
재성이는 얼음골에서 메늘취를 보았다고 한다.

"우와, 세상에. 메늘취를 본 눈!"

입을 쩍 벌리고 아이들 앞에 서서 놀라다가, 재성이 앞에 다가가
서 그 두 눈을 빤히 바라보며 허어 하고 끄덕이다가 돌아서서 내 자
리로 오다가 다시 돌아서서 그 눈을 또 보며 칭찬하고.
예진이는 감나무 옆에 돋은 곰취를 보았다고 한다.

"곰취를 본 눈. 우와!"

희연이는 꽃다지를 보았다고 한다.

"꽃다지를 본 눈! 잘 간직해."

준규가 몸을 일으키더니

"나는 재피 냄새를 맡았어요. 그러니까 코, 코를 잘 간직해야 돼.
내 귀한 코."
"그래, 정말 귀한 코다. 거기서 나오는 코딱지도 정말 귀한 거니까

잘 간직해."

이번에는 예진이가 두 손바닥으로 자기 얼굴을 톡톡톡 가볍게 두드리며

"저는 냉이도 봤고요. 도랑에서 돌미나리도 눈으로 봤어요. 돌미나리를 코에 대고 냄새도 맡았고 입으로 맛도 봤어요. 아, 나는 다 귀해."

그걸 또 한참 칭찬하니까 이번에는

"거기 가다가 할미꽃도 만졌어요. 어느 손? 이 손."

예진이가 할미꽃 만졌다는 손을 허락을 받아서 나도 만져볼 수 있었다. 와글와글 떠들어댔다.

"덩굴 올라오던데. 학교 담에. 담쟁이……."
"한 군데 세 개 꽃이 있어. 보라색……."

순진한 녀석들…… 흐흐. 이만하면 위기에서 벗어났다 싶다. 내 변명하느라 시간 다 보내고 말았네. 아이들은 멈추지 않고 보고 만지고 듣고 냄새 맡은 걸 떠들며 자기가 귀한 사람이란 걸 내세우고 있다. 이쯤에서 멈출 때가 되었다. 준규가 "나는 털하늘소 보고 만지고 손바닥 위에 올려놓았거든" 하고 자랑할 때 말을 끊었다.

"털하늘소 예뻐?"

예쁘다고 한다. 여자아이들이 그게 뭐가 예쁘냐고 더럽다고 한다.

"쉿!"

목소리를 낮추어 말했다.

"아니, 안 더러워. 얼마나 멋진데. 자기 몸 몇 배나 되는 돌을 들거든. 그래서 돌다리미잖아. 완전 힘장사야. 털하늘소를 보고 자기가 용감한 척 막 밟는 사람도 있어. 용감한 게 아니라 비겁하지. 모르니까 무섭고, 모르니까 사랑스럽지 않겠지. 모르면 쉽게 죽여. 준규는 그걸 아니까 털하늘소가 사랑스러운 거야."

준규가 맞다고 끄덕인다. 내가 아침에 본 것들, 차바퀴에 죽은 참개구리며 도롱뇽과 무당개구리와 창문에 죽은 힝둥새 얘기를 꺼내며 알아야 한다고, 알지 못하면 자기가 자동차 바퀴가 되고 창문 유리가 될 수 있다고 우겼다. 벌레를 잘 알고 있는 준규를 한껏 치켜세우며 아는 것이 사랑이라고 다시 한 번 강조하며 이만하면 잘 마무리가 되는구나, 흐뭇해했다. ✿

층층나무

"저게 무슨 나무예요?"

재성이가 뒤뜰 너머 산비탈에 서 있는 나무 한 그루를 가리킨다. 다행히 내가 아는 나무다.

"층층나무."

쉽게 대답하고 나니 시시하다. 층층나무란 말이 재성이 한쪽 귀에 잠깐 머물렀다가 금방 흩어졌을 것 같다. 시집을 뒤져서 같은 제목으로 쓴 시를 찾았다.

1층
2층
3층

층층이 뻗어 나간 가지마다

하얗게 꽃이 피었다

1층
2층
3층

푸른 잎새 위에
하얗게 싸락눈 내렸다

– 김은영 「층층나무 꽃」

좀 전에 알려준 나문데. 나무 가지가 층층이 나있다. 재성

아파트처럼 층이 있어서 층층나문가? 준규

그 나무는 1, 2, 3층밖에 없나 봐요. 성래

층층나무를 아파트로 표현한 것 같다. 1, 2, 3층 같으니까. 꽃은
창밖으로 얼굴 내민 사람이고. 예진

엘리베이터 대신 꽃이 내렸다 올랐다 한다. 아름

꽃이 하얀가 봐요. 재성

시를 읽어도 아무 감정이 없어요. 맹탕. 눈만 아파. 준규

겨울에도 잎이 안 떨어지나요? 푸른 잎에 눈이 내렸어요. 재성

아무 느낌 없다. 하은

층층나무에 핀 꽃을 보고 '푸른 잎새에 하얀 싸락눈'이라고 한 비

유가 아름답다. 하지만 이런 빼어난 표현도 층층나무를 모르는 사람한테는 추상일 수 있다. 비유가 오히려 사물의 실체를 가리는 장애물이 되어버리는 것이다. 이 시가 맹탕이고 느낌 없는 시가 된 것은 층층나무를 모르는 독자한테 문제가 있다. 바로 그렇기 때문에 시가 필요하기도 한 것이다.

나무도감을 펼쳐 층층나무를 보여주었다. 스케치북 들고 밖으로 나갔다. 멀리서 바라보고, 가까이 가서 만져보았다. 봄에 꽃이 하얗게 피었고, 그 꽃이 바닥에 눈처럼 깔렸고, 이제는 열매가 맺기 시작하는데, 그동안 아무도 관심 둔 사람 없었다. 관심 없이 눈만 뜨고 있었기 때문에 층층나무도, 층층나무 하얀 꽃도 못 보았다. 한 사람이 관심을 가지는 순간 우리들한테 없던 나무가 드디어 거기로 와서 우뚝 서 있게 된 것이다.

교실에 들어가 다시 시를 읽었다.

우리 학교 뒤 층층나무는 8층까지 있다. 성래
꽃이 피었다가 떨어졌고 지금은 누르스름하게 열매가 생겼다. 예진
시가 좋아졌다. 맹탕이 뜨거움으로 바뀌었다. 화상 입을 것 같아. 준규
싸락눈 내렸다의 뜻 알겠다. 푸른 잎새에 하얀꽃 피었다와 같이 간다. 재성

나는 나무를 처음 보는 건 아닌데 이름을 몰랐을 뿐이다. 장승리에서 노루가 있는 걸 봤다. 층층나무 옆에서 오줌 누고 있었다. 그냥 산에 매일 있다. 성래

글쓴이가 나처럼 빛나는 걸 좋아하는 것 같다. 하얀 꽃이 이쁘다. 아름
맨날 볼 때는 그냥 아무 나문지 알았다. 하은

아무것도 모르겠다던 아이들이 층층나무를 관찰한 뒤에는 나름 대로의 자기 경험을 살려 시의 느낌을 말하고 있다. 하지만 '나무를 보았으니 이제 시를 알겠다'는 정도의 반응에서 더 나간 게 없어 보인다. 이번에는 종이를 찢어서 시의 느낌을 표현해 보았다.

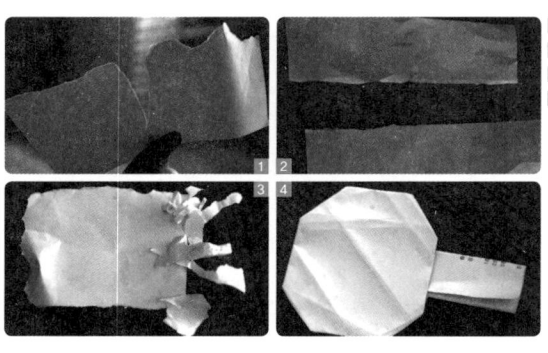

1 여름 출렁 바다와 겨울 쌓인 눈
2 뭉툭한 연필
3 네모난 종이
4 겨울

여름에 출렁거리는 바다와 겨울에 쌓인 눈이에요. 여름엔 꽃이 피잖아요. 하얗게. 2연에서는 여름인데 4연에서는 겨울로 바뀌었어요. 겨울은 비유. 여름만 있으면 자세하지만 자세한 걸로는 아이들 시만 못해요. 그런데 겨울을 넣어서 착착 감기는 느낌을 만들었어요. 어른은 싸락눈 내렸다고 쓰고 아이들은 싸락눈 내리는 것 같다고 쓴다. 아이들은 감정이 잡히지 않고 상상에서 맴도는데 이 사람은 상상에서 멈추지 않고 진짜로 겨울을 보고 있는 것 같다. _{재성}

연필을 만들었어요. 처음엔 이 시가 뭉툭하다고 생각했어요. 하얀 꽃 보고 눈 같다고 한 것은 1학년도 하니까. 그래서 흔한 비유라고 생각했다. 그런데 다시 보니 싸락눈이라는 것 때문에 이 시가 보인다. 층층나무꽃이 그렇게 피니까. 그래서 뭉툭한 연필을 뾰족하게

깎았어요. _{예진}

　네모난 종이. 네모난 종이는 흔하다. 층층나무를 보는 다른 사람들도 시를 쓰면 이와 비슷하게 표현할 것이다. _{하은}

　거울을 만들었어요. 앞뒤로 반복되는 부분이 똑같으니까 앞에서 봐도 거울, 뒤에서 봐도 거울. 거울 앞은 보이지만 거울 뒤는 안 보이는데, 시에서는 보이게 했다. _{아름}

　아름이가 거울이라 해서 생각난 건데, 이 시는 뒤가 없으면 망한다. 거울도 뒤가 있어서 앞이 비쳐 보이는 거다. 다른 시는 앞면과 뒷면을 엄청나게 몰아붙이는데 이 시는 거울처럼 뒤가 앞을 받쳐준다. _{재성}

　저게 무슨 나무냐고 물어본 한 아이가 있었고, 그래서 층층나무는 모두에게 특별한 나무가 되었다.

　층층나무는 우리들에게 특별한 나무다. 층층나무 햇가지 끝 꽃이 진 자리에 열매가 맺혔고, 열매는 물이 많고 맛이 좋아 새가 잘 먹는다 하니 곧 층층나무에 날아오는 새를 보게 될 것이다. 내년에는 이른 봄 나무에 물이 오를 때 가지 끝이 빨개지는 것, 새 눈이 돋고 꽃이 피고 꽃이 바닥에 깔리는 것, 층층나무가 맺고 있는 둘레와의 관계를 놓치지 않고 살펴보기로 했다. 나무 한 그루가 마음에 예쁘게 자리 잡고 나면 시를 한 편 써도 될 것이다. 🌿

신발 한 짝

그저께는 예진이 신에 상한 우유가 채워져 있는 걸 수돗가에 들고 가서 빨았다. 장난이려니 했다. 어제는 신발장에 준규 신 한 짝이 없어졌다. 눈물 글썽이며 집에 간 아이 생각을 하니 속상하다. 지긋지긋한 괴롭힘, 숨통을 조여오는 검은 손길. 그냥 넘겨서는 안 되겠다.

아침에 오자마자 쓰레기통, 뒷산, 화단 나무 사이, 다 뒤졌다. 없다. 그런데 더 분통이 터지는 것은 아이들의 무관심이다. 준규가 신 찾아 헤매는 걸 뻔히 알면서도 「결혼해줄래」 가요나 들으면서 노닥거리고 있다. 신발 감춘 아이보다 멀쩡한 아이들이 더 밉다. 다 나와서 찾으라고 소리쳤다.

"못 찾으면 자기 신발 한 짝씩 버리자! 나도 구두 한 짝 버릴게!"

6학년 남자아이 몇이 대들었다.

"난 안 그랬는데 왜 그래요! 쌤 신발이나 버리세요!"

궁시렁궁시렁 내 말을 씹고 있다. 그러고 보니 나는 입만 열면 실수네. 멀쩡한 신을 버려? 그럼 한쪽 다리 잃은 사람이 있으면 멀쩡한 사람도 자기 다리 하나씩 떼어내? 맞다. 아니, 그럴 수는 없지만 하여튼 그런 맘으로 살 수 있어야지. 남의 고통을 가깝게 느끼는 것이 권리의 시작 아니냐.

교실에 들어와서 시를 읽었다.

버스가 갑자기 섰다
뒤를 보니
할아버지와 할머니가 뛰어온다.
버스가 그냥 간다.
할머니와 할아버지가 너무 늦게 뛰어서
그냥 가나 보다.
버스는 가는데도
할머니는 자꾸 뛰어온다.
안된 할머니
못된 기사 아저씨
왜 그냥 버스를 가게 했을까?
내가 기사 아저씨면 차에서 내려
뛰어가 할머니 짐을 차에 싣고
업어서라도 차에 할머니를 태운다.

– 5학년 이명준, 「버스 타고 집에 가는 길」(2000년 5월 18일)

"버스 기사가 할머니를 안 태우고 그냥 갔을 때 명준이는 어떻게 했나."

아이들에게 묻고, 칠판에 객관식으로 적었다.

❶ 「결혼해줄래」 노래를 들으며 놀고 있었다.
❷ 속상했다.
❸ 기사 아저씨한테 따졌다.
❹ 자기도 버스에서 내렸다.

"5학년 아이가 아저씨한테 따지거나 버스를 세우고 내려버리는 일은 못하겠지. 그런 아이가 있다면 그 아이는 윤봉길이나 김구 어린이쯤 될 거야. 하지만 명준이는 2번, '속상'하기는 했다. 우리 반은 어떨까?"

윤동재의 「재운이」를 읽었다.

지난번 운동회 총연습 때 일이다.
재운이는 그날도 한 벌뿐인 그 옷을 그냥 그대로 입은 채
깜둥 고무신 신은 발을 짚으로 동여매고
우리 5학년 계주 선수로 뛰었다.

재운이가 힘껏 뛰어 근 십 미터나 뒤지고 있던

우리 청군이 조금 앞서가기 시작할 무렵이었다.

나무 그늘 밑에 책상을 내어 놓고
팔짱을 낀 채 앉아 보고 계시던 교장 선생님이
갑자기 벌떡 일어나서 마이크 앞으로 가시더니
청백 계주를 중단시키고
"앞에 가던 아이 빨리 조회대 앞으로 와!" 하셨다.
재운이가 뛰어가자 교장 선생님은 대뜸
재운이 볼때기를 힘껏 두 대 후려치셨다.
재운이는 눈물을 닦으며 어쩔 줄 몰라했다.

우리 청군 응원석은 기가 죽어
더러는 또 재운이가 우는 걸 보고
따라 우는 아이도 있었다.
윗마을의 미애와 승숙이는
볼때기를 맞는 재운이보다
더 굵은 눈물을 뚝뚝 떨구었다.

— 윤동재, 「재운이」 중에서

「재운이」는 운동회 총연습 날 재운이가 고무신을 신고 달리다가
교장 선생님한테 불려가서 학교 망신시킨다며 뺨을 맞았고, 그날
저녁 담임선생님이 운동화를 사주었지만 운동회 날 학교에 오지 않

았다는 내용이다. 「재운이」를 읽고 권정생 선생님이 쓴 시가 「고무신 3-재운이네 동무들에게」다.

재운이가 고무신 신고 있었을 때
동무들 중에 누구 하나라도
같이 고무신 신고
같이 뜀박질을 했더라면
재운이는 외롭지 않았을 텐데

교장 선생님이 꾸중하시며
볼때기 때렸을 때
좀 더 용감하게 감싸 줬더라면
동무들 모두가
신고 있던 운동화를 벗어 버리고
체육복 같은 것도
훌훌 벗어 던져 버리고
런닝샤스와 팬티 차림으로
맨발이 되었더라면

그래서 모두 같이
교장 선생님께 볼때기를 맞았더라면
꾸중을 들었더라면

재운이가 맞은 볼때기는

훨씬 덜 아팠을 텐데

가슴까지 한이 되어 남지 않았을 텐데

재운이가 결석한 운동회 날도

동무들은 못나게시리

저희들끼리만

운동화 신고

체육복 입고

달리기를 했겠지.

재운이의 슬픔은

잠깐 동안 그렇게만 흘려버리고

몇 방울의 눈물만으로 끝내 버리고

(……)

부끄러운 동무들

못난 동무들

재운이는 그런 동무들이

더 없이 원망스러웠을 게다.

– 권정생, 「고무신 3 – 재운이네 동무들에게」 중에서

두 시를 읽고 아이들에게 물었다.

"재운이가 뺨따귀 맞았을 때 아이들은 어떻게 했을까?"

❶ 「결혼해줄래」 노래를 들으며 그냥 놀고 있었다.
❷ 울어주었다.
❸ 교장한테 따졌다.
❹ 자기 운동화를 벗어 던졌다.

내가 문제 내고 내가 대답한다.

"미애와 승숙이가 울어주었으니까 2번."

2번에 동그라미 쳤다.

"준규가 신발 찾고 있을 때 우리 반은 어땠나?"

1번에 동그라미 쳤다.

"우리가 윤봉길은 못 되니까 3번이나 4번은 못 될 것이다. 하지만 2번 정도는 되어야 하지 않을까."

그럴 수도 있다. 이게 중요한 문제라고 말하는 사람이 있어야 비로소 중요해지니까. 이제 말했으니까 중요해졌다.

신발 한 짝 어떻게 할까? 아름이가 사회를 보았다. 범인을 잡자, 묶어놓고 패주자, 신고하자, 글 써서 붙이자, 틈날 때마다 찾자…….
여러 말이 나왔다. 아이들의 관심은 신발 숨긴 범인을 잡는 것, 신발을 찾는 것에 있다. 내 생각에는 신발 숨긴 사람이 안 밝혀지는 게 낫다. 밝혀지고 나면 모두들 그 뒤에 숨은 채 자기는 떳떳한 걸로 여기게 될 것이다. 결국 '틈날 때마다 찾자'로 이야기가 마무리되었다.

"찾자. 찾을 가망은 없다. 그러나 찾자. 신발 감춘 아이가 후회하고 또 후회할 때까지, 감춰진 신발이 제발 그만 찾으라고 저절로 튀어나올 때까지. 아무리 해봐도 신발은 못 찾을 것이다. 그러나 이 일이 중요한 일이라고 우리들이 말하자. 괴롭힘에 대해서 따돌림에 대해서 우리들이 얼마나 가슴 아파하는지 보여주자."

신발을 찾아내는 것보다는 신발 찾기 시위를 하는 것이, 죽어라고 신발을 찾아 헤매는 과정이 귀하다. 해결이 쉽게 나면 허무하다. 어렵고 고단한 과정 속에 성장이 있는 것이다. 못 찾으면 어떠냐. 찾다 못 찾으면 새로 말이 막 나오겠지. 업어주자, 새로 사주자, 돈 벌어서 사자, 우리 반 실습지 밭에 고구마라도 내다 팔까, 메기 낚아서 식당에 파는 건 어때, 악어 사냥, 멧돼지 사냥…….

아침에 찾고 쉬는 시간에 찾고 점심 먹고 찾았다. 글을 써서 신발장에 붙였다.

한쪽이 없어진 신발
한 마리 오리 새끼처럼

외롭게 놓여 있는 신발

나 하나 때문에 이런 일이 벌어졌을까?

내가 점점 신발 한쪽처럼 외톨이 같다.

신발 한쪽

아, 신발 한쪽아 어디에 있니.

왜 신발은 나의 곁에 있기 싫었니.

신발 한쪽

외톨이 한 마리의 오리 새끼처럼 외톨이

내 곁에 있지 않고 왜 갔니.

왜 갔니.

내가 무슨 죄가 있니.

아, 정말 슬프다.

슬플 필요는 없다.

내 잘못이니깐.

— 5학년 장준규, 「신발」

한 짝이 없어지면

남은 한 짝은 슬픔이 두 배나 되어서

다른 한 짝이 슬픔에 잠기고

잃어버린 한 짝은 친구를 못 찾아

고이 하늘나라로 갑니다.

— 5학년 김아름, 「잃어버린 신발 한 짝」

점심시간 끝날 때쯤, 강당 지붕 위에 엎어져 있던 신발 한 짝을 찾았다.

(……) 예진이가 쉬는 시간 때 점심시간 때 찾아보자고 의견을 말했다. 결국은 못 찾고 선생님과 밥을 먹고 또 찾으러 갔다.

"여기서 신발을 가지고 나가면 꿈나무 교실로 올렸을 수가 있어."

선생님은 엉덩이를 쭉 빼고 개구리가 줄 타듯이 빗물 통을 타고는 꿈나무 교실 지붕으로 올라갔다. 올라가서 피구공도 나오고 빨간 공도 나오고 드디어 준규 꼬랑내 나는 신발이 나왔다. 선생님이 빗물 통 타고 올라갈 때 명복을 빌었는데 살아서 돌아왔다. 하하.

'혹시 선생님이 짜잔하고 찾아서 멋지게 보일려고 숨겼나?'

그래도 꼭 탐정 같다.

― 5학년 이희연, 「신발 사건」 중에서

신발을 잃어버렸기 때문에 쓸 수 있는 글을 썼다. 신발 잃어버리길 잘한 것 같다. ⑤

느려도 좋지

논

새가 죽었다

멍게

썩은 감자

논

논, 못물 그득 머금은 논
빛날 땐 어떤 사상보다 빛나고
일렁일 땐 어떤 사랑보다 일렁이네
해질녘 검은 산 그림자 잠겨
끝모르게 깊어가는 논
아, 깊어갈 땐 어떤 끝모를 그리움보다
깊어가네

– 황시백 「논」

    밖에 나와 개구리 소리를 들었다. 사람이 입 닫고 잠이 든 밤에는 와글와글 자기 소리를 내고 있는 개구리가 마을의 주인이다. 해넘어가면서부터 울기 시작했고, 지금은 하현달이 동쪽 산에 떠오르는 밤 12시, 여전히 울고 있고 앞으로도 몇 시간을 더 울며 새벽을 맞을 것이다. 이른 봄 호르륵 호르륵 울던 산개구리는 산 계곡으로 떠나갔고, 갸르르르 낮게 울던 두꺼비도 돌구멍이나 골짜기로 떠났고, 지금 우는 건 흑흑흑흑 무당개구리, 객객객 청개구리, 거러럭 거러럭 참개구리.

아무리 들어봐도 같은 음정 같은 박자다. 이러니 새처럼 노래하는 사람은 많아도 개구리처럼 노래한다는 사람은 없는 것이다. 음의 높낮이나 박자의 변화 없이 언제까지나 거러럭 흑흑 객객객. 다만 참개구리, 이 녀석은 '거러럭' 하다가 '거러러러러럭' 하며 음의 길이를 늘이는 수법을 쓰기도 한다. 나도 개구리처럼 소리를 내 보았다. 입술 꼭 오므리고 공기를 입 밖으로 뿌부북뿌부북. 단순하니까 목 안 쉬고 오래 버티고 남한테 욕을 안 먹는 거다. 개구리가 다 다른 목소리로 다른 뜻으로 소리 높여 운다면 그 누구도 잠들 수 없는 밤이 될 것이다.

글쓰기 교실 아이들한테 황시백의 「논」을 읽어주었다. 무슨 말인지 모르겠다는 반응뿐이었다. 아이들한테 사상이니 그리움이니 하는 말이 가슴에 닿을 리 없다. 이번에는 임길택 시 「개구리」를 읽은 뒤 논에 사는 것들 이야기를 나누었다.

어두울 때면
서로의 목소리로
길이 되자 하고

달이 뜨면
서로서로의 목소리로

꿈이 되자 하고

– 임길택, 「개구리」

논에서 왜가리를 본 적이 없다는 아이가 여럿이었다. 학교 앞 논에 내리는 왜가리가 그 소리 들으면 서운하겠다. '모'를 모른다는 아이도 둘이 있었다. 날마다 '모'를 보면서도 모가 뭔지 모른다. 시골이니 논이 있고, 논에는 모가 서 있고, 모 심은 논에는 왜가리 백로가 날아오게 되어 있고, 일부러 눈을 감고 다니지 않는 한 그게 눈에 보일 수밖에 없다. 하지만 못 봤다 한다. 내 속에 없는 것은 바깥에도 없다. 본다고 아는 것 아니다. 앞으로 십 년을 더 지내봐도 '모'는 안 보일 것이다. 그것도 모르냐고 탓하는 건 시시하다. 촌놈인 내가 요즘 텔레비전에 나오는 연예인과 그들의 유행어를 모르듯 요즘 시골 아이가 모와 왜가리를 모르는 건 어쩔 수 없는 일이다.

저것 봐, 저게 바로 하나하나가 그림자를 드리우고 있는 모다, 뒷짐 지고 징정징경 논바닥을 둘러보는 왜가리다, 하고 말해주는 것. 저것 봐, 하며 애정을 가지고 둘레 사물에 반응하는 것. 세상에서 시인이 맡은 일 중에 하나가 바로 이런 것 아닐까.

왜가리 한 마리가
무논으로 내려와서

뒷짐 지고 징경징경
논바닥을 둘러본다

비단옷 차려입고
논 주인은 자기라며

떡개구리 찍어 먹고
꿀떡꿀떡 날아간다

– 김환영 「논주인」

아빠와 강에 갔는데 좀 다리 긴 새가 있었다. 그래서 두루미인가
해서 물어봤다. 왜가리라고 했다. 가까이 다가가서 보려 했는데 가
기는 가는데 나는 게 아니라 날면서 걸었다. 예진
  우리 차에 똥 쌌어요. 아빠가 왜가리 똥이래요. 준규
  그게 삼키면서 날아가니까 꿀떡꿀떡이다. 재성
  떡개구리. 꿀떡꿀떡. 떡 먹을 때 미처 못 먹었는데 자리에서 일어
나며 씹으면서 가는 것처럼 왜가리가 계속 삼키면서 날아간다. 예진
  사람하고 왜가리 흉내가 같다. 왜가리가 양반 같아요. 재성
  비단옷 입었으니까 왜가리를 부잣집으로 봤을 거다. 준규
  옛날 어머니는 자식을 뭐래도 먹일려고 힘들게 다리를 적셔가면
서 먹을 걸 구했다. 그러니까 왜가리는 가난하다. 예진

논에 가기로 했다. 검지를 내밀고는

"어제 밤에 개구리 소리 들을 때 동쪽 산 위로 달이 뜨고 있드라. 숨바꼭질할 때 담 뒤에서 얼굴 내미는 아이처럼 달이 샤악 하고 산 뒤에서 올라왔어. 저기 달 뜬다고, 와아 달 보라고 달을 한참 가리켰어. 바로 이 손가락으로. 달빛을 쬐고 있었으니까 빛이 요 손가락에 스며들었을 거야."

내민 손가락으로 내 말을 듣고 있던 아이들의 이마를 콕콕 찍어 주었다. 누구도 불쾌한 표정을 짓지 않았다. 이번에는 두 팔을 위로 올렸다가 'S'자를 그리면서

"재미있는 노래와 유우울……,"

"율" 하면서 팔을 곡선으로 휘저어 아래로 내리면서 "똥!" 하는 순간, 검지손가락이 엉덩이 뒤쪽으로 가는 척하다가 되돌아왔다. 그 손가락을 아이들 쪽으로 쭉 내밀며 한발 한발 다가갔다. 으악, 하고 몸을 뒤로 뺀다.

"손가락을 내밀었다 끝, 에서 멈추지 말고 달과 똥까지 가 보자. 왜가리가 논에 와서 무얼 꿀꺽 삼키고 날아갔다 끝, 하지 말고 비단 옷 차려입은 논 주인이 되었다가 꿀떡꿀떡 날아가 보자. 무언가 세계를 새로 만들어 보자."

찻길 건너 논 있는 곳으로 갔다. 길 가까이 있던 논은 메워서 바닥을 다지고 있다. 아이들 말로는 골프연습장을 만드는 거라 한다. 저쪽에는 포클레인과 트럭이 쉴 새 없이 움직인다. 고속도로 다릿발 세우는 공사를 하는 중이다. 어쩌면 여기 논도 올해가 마지막이 될지 모른다. 골프연습장과 포클레인 사이로 들어가 꾸불꾸불 논길 걸으며 줄 맞추어 서 있는 모와 모 그림자를 보았다. 논물에 무당개구리, 청개구리, 참개구리가 대가리를 물 밖으로 반쯤 내밀고 쳐다본다. 한 마리씩 붙들어서 아이들한테 보여주었다. 청개구리는 밤마다 얼마나 울어댔는지 턱 밑이 바람 빠진 풍선처럼 쭈글쭈글했다.

준규가 청개구리 한 마리 잡았다.

"나 이거 집에 가져가서 키워야지."

아이들의 잔소리가 시작되었다.

"야야, 놔줘. 죽는단 말이야."

놔줄 리 없다.

"안 죽어. 내가 키우면 잘 살어."
"혼자 있으면 심심하잖아."
"내가 놀아줄 거야."
"개구리는 밤에 친구들이랑 울어야 되는데?"
"내가 같이 울어주면 돼."

"한번 울어봐."

"꽉꽉꽉꽉꽉꽉꽉."

"야야 개구리 기절하겠다야."

"어부바 하고 돌아다녀야 되는데?"

"내가 업어주면 돼요."

"야, 짝짓기도 해야 되는데?"

"……. 알아."

"귀여운 올챙이를 낳겠네."

"……."

"그 개구리가 남잔지 여잔지도 모르잖아."

"……."

준규는 잡았던 개구리를 도랑에 놓아주고 말았다.

교실로 돌아와서 아이들은 글을 썼다. 나는 읽었다.

논물에서 헤엄치던 청개구리

선생님한테 들켰다.

선생님은 청개구리 다리를

낚아채 데려간다.

논일하러 끌려가는 소처럼

청개구리는 억지로 끌려간다.

선생님은 청개구리를 거꾸로 들고

울음주머니를 만지며 설명해주시는데

청개구리는 창피한지
손으로 얼굴을 가린다.

– 5학년 안재성 「다리 잡힌 청개구리」

왜가리 두 마리가 날아간다.
날개를 쫙쫙 펴고 날아간다.
뒤에 있던 왜가리가 앞에 가던 왜가리한테
왝왝왝 너는 도둑
왝왝왝 나는 경찰
너, 잡히면 죽는다!
논에 앉았던 왜가리가
왝왝 나도 경찰 하며
날아올랐다.

– 4학년 탁한결 「왜가리」

논가에는 심어지지 않은 모가 있다.
그 모는 참 슬프겠다.
다른 모들은 벼를 키우며 행복하게 살 텐데.
심어지지 않은 모는 논 주인을 원망한다.
모는 분노를 했다.

크어어어

눈물을 뚝뚝뚝 흘리며

얼굴이 더욱 초래질 때까지 분노 소리만 한다.

그래서 병이 난 것같이 얼굴이 노래졌다.

– 3학년 박영서, 「심어지지 않은 모」

새가 죽었다

　월요일, 애국조회를 한다. 똑바로 서서 충성을 다할 것을 굳게 맹세하고 애국가 제창이 끝나면 교장 선생님이 뚜벅뚜벅 단 위에 올라가서 말씀하시고, 두 번째로 교감 선생님이 말씀하시고, 세 번째로 교무 선생님 말씀하시고

"뒤로돌아."
"교실로 향하여, 앞으로가."

교실에 들어가면 담임인 나도 이런저런 할 말이 많고.
화요일, 쉬는 시간에 우리 반 예진이가 얼굴 찌푸리고 있다.

"나라가 까불어요. 가만 안 둘 거예요."

나라는 3학년 여자아이.

"그럼 5학년이 3학년한테 까부냐? 너는 나한테 까불어도 되지만 내가 너한테 까불면 이상하잖아. 동생이니까 까부는 게 당연……."

"듣기 싫어요!"

"읍."

목요일 점심시간, 모처럼 해가 번쩍 났다. 밥을 먹은 아이들이 운동장에 나왔다. 아이들이 운동장에 나오다니, 체육 시간도 아닌데 밖에 나오다니, 이런 기적 같은 일이. 뭔가 놀이라도 해보자 할까 했더니 역시나,

"들어오래!"

2층 교실 창문 밖으로 6학년 회장 부회장 부장들이 얼굴 내밀고 소리친다. 4, 5, 6학년 아이들은 전교 어린이회의 하러 툴툴툴 건물로 들어간다. 생활이 없는데 자기 생각이란 게 쌓일까. 회의에서 무슨 말을 할 수 있을까. 신경질 난다고 옆 사람 깨물지 말자, 꿀꿀 앞 사람 꼬랑지 뜯어먹지 말자, 정도가 회의 주제로 딱 맞겠네.

내내 쉬지 않고 뭔가를 해야 하는 곳, 남한테 배우기만 할 뿐 스스로 알아갈 기회는 없는 곳, 『모모』에 나오는 잿빛 신사들이 완벽하게 지배하는 곳. 우리 학교는 올해 교육부에서 돈이 많이 내려와 칠판을 전자칠판으로 갈았고 아이들 앞에 하나씩 노트북을 내주었고 운동장에 우레탄 트랙을 깔았고 최신식 운동기구를 줄맞춰 세워놓았다. 선생인 나만 빼면 다 새것이고 번쩍번쩍하다. 교육 프로그램이란 것도 아주 특별해져서 서예 국악 미술 영어 피아노 글쓰기 기악합주 같은 공부가 오후 네 시까지 이어지는데, 사실 네 시까지 해서는 어림없다. 부진아 교통 정보 경제 발명 화재 운동 상담 외

국어 성 인성 논술 통일 포스터 관광 애향 직업 칭찬 질서 문예 독서 보건 독후감 한자 금연……, 학교에서 하라는 것 교육청에서 하라는 것 외부 기관 단체에서 하라는 것 다 챙기려 들면 새벽 네 시는 되어야 끝날 텐데 오후 네 시에 집에 보내다니, 아이들을 너무 봐주고 있는 거다. 꽉 찬 프로그램을 다 소화시키려면 점심시간을 줄일 수밖에 없고, 이래서 아이들은 점심밥 먹은 걸 소화시킬 시간도 없이 건물로 들어가고 있는 것이다.

운동장에는 나 혼자 남았다. 냉이꽃 피었나, 어슬렁어슬렁 학교 둘레를 돌아다녔다. 3학년 나라와 영서가 창고 모퉁이에 기대서서 놀이터 쪽을 보고 있다.

"거기서 뭐 해?"

2학년 용형이가 까불어서 혼을 내줄 거라고 한다.

"야, 그럼 3학년이 2학년한테 까부냐? 동생이 까부는 게 당연……."
"욕도 했단 말이에요!"

내가 낄 자리가 아니다. 그럼 2학년 용형이는 누구를 밟아야 하나. 용형이한테 밟힌 아이는 또 무엇을 밟을까.

교실로 들어갔다. 어린이회의는 어떻게 됐냐고 물어봤다. 아이들이 떠들어서 회장이 칠판을 꽝꽝 치며 소리 질렀다고 한다. 한결같이 위에서부터 내려오는 것만 있다. 밑에서 위로 올라가는 것은 없다. '아이가 있어서 어른이 있다'던 작년 우리 반 아이 말이 생각나서 그때 적어두었던 것을 찾아 아이들한테 읽어주었다. 2010년 2월 9일, 졸업 하루 전날 김환영의 시를 읽으며 나누었던 이야기다.

풀섶 두꺼비가
엉금엉금 비 소식을 알려온다

비 젖은 달팽이가
한 입 한 입 잎사귀를 오르며 길을 낸다

흙 속에서 지렁이가
음물음물 진흙 똥을 토해 낸다

작고
느리고
힘없는 것들이

크고
빠르고
드센 것들 틈에서

보이지도 않고
들리지도 않는

바닥 숨을 쉬고 있다

– 김환영 「들리지 않는 말」

바닥은 땅이고 밑바탕이다. 중요한 것은 바닥에 있다. 바닥에 있는 것, 얘네가 없으면 크고 드센 것은 못 산다. ……작고 느리고 힘없는 것과 크고 드센 것 사이에 틈이 있기 때문에 세상이 살 수 있다. 아이와 어른은 같이 못 산다. 아이가 어른을 이해하기 때문에 산다. 작고 느리고 힘없는 것들, 얘네가 크고 드센 것들을 이해하기 때문에 살 수 있는 것이다. 희영

땅바닥은 중요하다. 새는 나무에 집을 짓지만 그 나무도 땅바닥에서부터 시작한다. 중요한 일을 하는 것들은 보이지 않는다. 보이지 않는 곳에서 땅을 숨 쉬게 만들고 환경을 살리고. 사람도 마찬가지다. 혜원

눈으로 보고 있는 모든 것들이 바닥에 집중되어 있다. 두꺼비, 지렁이, 달팽이, 작고, 느리고, 힘없는 것들이 다 바닥에 집중되어 있다. 기준

바닥을 기어가는 달팽이는 그보다 더 밑으로 내려볼 게 없겠지. 달팽이의 눈으로 보면 모든 게 올려 보일 것이다. 크고 드세고 빠른 것의 눈이 아니라 쌩쌩 달리는 자동차의 눈이 아니라 형 언니 오빠 어른 선배들의 눈이 아니라 밑바닥의 눈으로, 모르고 어려워 쩔쩔매는 것들의 눈으로 보면 지금과는 다른 질서가 있을 것이다.

끌어올리지 않고 쩔쩔 헤매고 있는 아이의 자리에 내려가서 이야기를 풀어가는 동화책, 『멀쩡한 이유정』을 아이들과 읽었다. 『멀쩡한 이유정』에는 똑똑하지 못하고 자랑거리 없고 문제투성이인 인물들이 등장하여 자기 자리를 귀하게 만들어가는 이야기가 다섯 편 실려 있다. 그 중에서 「멀쩡한 이유정」은 길이 나오면 길을 헤매는 나 같은 길치한테 큰 위안이 되는 글이다.

이유정은 4학년. 학교에서 집까지 길을 몰라 2학년짜리 자기 동생을 따라다니고 있다. 그런데 이날은 동생이 먼저 집에 가버렸다. 유정이 혼자 집을 찾아간다. 아무리 찾아도 집이 안 나온다. 학습지 선생이 곧 집에 오기로 했는데, 이쪽으로 가도 저쪽으로 가도 집이 없다. 물어 물어서 아파트 가까이 왔으나 여기서 또 다시 집을 못 찾고 있다. 아파트 화단에 털썩 주저앉았다.

여기까지 읽고 글을 멈추었다.

"니네가 작가다. 어떻게 써야 감동이 있을까. 진짜 유정이 편이 될까."

버스 옆에 공중전화기가 있어서 집에 전화해요. 엄마가 와서 데려가요. 아름

도시에서는 집이 비슷비슷해서 못 찾으니까 시골로 이사를 가요. 재성

핸드폰 사줘요. 준규

"너무 친절하다. 시시해. 그렇게 뻔하고 재미없으면 누가 책을 읽

겠니. 상상력이 없잖아."

집에서부터 기다란 줄을 손목에 매고 다녀요. 예진
학교 옥상에 집 짓자. 성래
유정이가 집 못 찾아서 쭈그리고 있으니까 유정이 앞에 강아지가
와서 왈왈 짖더니 유정이 볼따구를 핥는 거예요. 강아지가 따라 오
라고 해서 따라가니까 집까지 데려다 줘요. 준규

"그런 글은 아무도 안 믿어줘. 아예 구미호가 나와서 아이스크림
하나 사주면 집에 데려다 줄게 해서 집에 데려다 줬다고 쓰지."

자신감을 가져라 자신감을 가져라 하면서 자기한테 최면을 건다.
그러면 정말 할 수 있어요. 준규

"하면 된다 하면 된다 하면서 애들 공부시키는 거랑 같네. 공부
못하던 아이가 하면 된다는 신념으로 열심히 노력해서 공부를 잘하
게 됐다, 이건 별로 감동이 없는데. 공부 못해도, 길 못 찾아도 별 문
제 없다고 해주면 안 될까. 비 맞아도 옷 젖어도 별 문제 없는 걸로."

이쯤에서 누가 뭐라고 대꾸했는데 생각 안 난다. 옷 젖으면 혼난
다고 했던가. 그리고 내가 이렇게 말을 잘했을 리 없는데, 이 글을
이어가겠다고 좀 그럴 듯한 말을 한 것처럼 늘어놓고 있는 건 아닌
지 걸린다. 아이들 말은 대충 수첩에 갈겨 적었는데 내 말 적은 건
없다. 교실에 CCTV를 매달아놓을 수도 없고. 에이, 내 맘대로다.

"누군가를 이해한다는 건 비 오는 날 내 우산을 씌워주는 게 아니라 내 우산을 버리고 같이 비를 맞는 거라는 얘기를 어디서 들은 적이 있어. 이 글도 그렇게 가보면 어떨까. 나는 우산을 쓰고 있어. 유정이는 비를 맞고 있어. 어떻게 할까. 둘 중 하나. 내 우산을 씌워주는 것, 내 우산 버리고 같이 비를 맞는 것."

우산을 왜 버려요. 비싸잖아요. 재성

나는 우산 씌워 줄래요. 학교랑 집에 오는 길에서 추억 만들기. 그래야지 기억이 잘 날 거 아니에요. 나도 옛날에 개울에서 사진을 찍고 그랬는데요. 가족이랑요. 그 개울이 기억에 잘 나요. 학교 정글짐에서 가족이랑 놀기. 그 다음에 교문을 나와서 오뎅 집에 가서 오뎅 먹기. 오뎅 집에서 나와서 길 걸어가다가 제비꽃 옆에서 사진 찍기. 그리고 골목길 같이 걷기. 옛날 얘기 하면서 걷다가 집 가까이 와서 집 앞에서 사진 찍기. 그러면 길을 잃지 않을 거다. 예진

지도를 자세하게 그려요. 엄마가 유정이를 찾으러 나왔고, 다음날에 학교에서 집까지 같이 가면서 지도를 그려요. 떡볶이 집은 어디에 있고, 골목길은 어디에 있는지 지도에 표시해요. 하은

"좋았어. 제 발로 딛고 가본 것만 자기 것 하면 된다. 다 기억하겠다. 점점 좋아진다. 그런데 우산을 버리고 같이 비를 맞는 걸로 한다면 어떻게 달라질까? 우산이 아깝기는 하지만 버렸다고 치자. 이 글의 작가도 그런 식으로 결말을 냈거든."

친구를 길치로 만든다. 재성

슬슬 꼬신다. 그러다가 방망이로 내려친다. _{예진}

자기 아파트에 가까운 아이는 망치로 두들겨서 길치로 만들어서 기억 상실증을 만들어요. 그 다음 같이 다녀요. _{성래}

이런 말에는 눈이 빛난다. 잔인한 …….

"말이 되게 해 봐."

같은 동네 애들을 며칠 동안 조사해서 길치면 같이 다닌다. 꽃도 보고 없던 길도 만나고 그런다. 할아버지가 술 마시고 있는 막걸리 가게도 지나가고 할아버지들 술 취해서 얘기하는 거 들으면 재미있고 경수네 집 골목으로 엉뚱하게 가서 이마에 흉터 할아버지가 노래하는 거 들으면 재미있다. 길 잘 찾는 아이들은 볼 수 없는 큰 나무 올라갈 수 있는 나무에 올라가서 논다. 도둑고양이가 집 새끼들이랑 젖먹이고 있는 거 보고 길을 잘못 들어서 강에 신발이 젖고 옆 동네 놀이터까지 갔다. 놀다가 저녁 늦게 집에 들어오고. 길을 못 찾으면 얼마나 좋은지 쓴다. _{재성}

금요일, 6학년 오빠가 5학년 아름이 머리를 주먹으로 때렸다 한다. 칼날 없는 칼을 목에 들이댔다 한다. 오후에는 준규가 맞았다고 한다. 지난번에는 4학년 연철이를 때려 코피 흘리게 하더니, 이번에는 자기가 6학년한테 당했다. 목을 졸랐고, 학교 끝나면 뒤에서 만나자고 협박했다 한다. 여기가 일제시대다. 제국이다. 제국의 아이들이다. 나이 먹고 팔뚝 굵어지면 다 높아진다. 태극기만큼 높아진다.

위에 있는 놈은 다 할 말 많고 다 똑똑하다. 밑에 있는 놈은 다 멍청하다. 잘못을 지적하고 혼이 나야 알아듣는다.

"아름이가 맞고 있을 때 무엇을 했나."

예진이는 때리지 말라고 고함치고 욕했다 한다. 하은이는 속으로 '때리면 안 되는데' 생각했다 한다.

"준규가 맞고 있을 때 무엇을 했나."

성래는 멀리서 봤는데, 둘이서 장난치는 줄 알았다고 한다. 다른 아이들은 못 봤다 한다.
어떻게 할까.
맞은 만큼 6학년을 때려줘야 된다는 의견이 나왔다.

"그럼 교통사고를 당한 사람은 절뚝거리며 차에 올라타서 자기를 친 사람을 길에 세워놓고 똑같이 박아?"

다른 학년을 우리 교실에 못 들어오게 하자는 의견이 나왔다.

"그럼 우리도 옆 교실에 못 간다. 교장실이든 교무실이든 남의 교실이든 가고 싶은 곳은 가야지. 제 손으로 자기 자유를 빼앗아서는 안 된다."

회의 결과.

1) 6학년을 불러와서 사과를 하도록 한다.
2) 사과가 진실되지 않으면 포스터를 그려서 벽에 붙인다.

아이들은 실수를 하기 위해서 학교에 온다. 이미 벌어진 일이니 잘된 일로 여기겠다. 제대로 부딪히면 모두 공부거리다. 멀리서 이 자리를 비추어 보자. 어떤 책으로 비출까.

손창섭의 『싸우는 아이』는 어떨까. 높은 변호사가 등장해서 사건을 해결해준다는 게 못마땅하다. 이런 식의 결론은 바닥에서 올라가는 힘과 거리가 있다. 더군다나 책이 두꺼워서 지금은 곤란하다. 이현주가 쓴 『육촌 형』을 읽었다. 고분고분 숙이는 것들은 언제까지 눌려 살면 된다. 어리고 힘없고 불쌍한 것들끼리 서로서로 헐뜯고 싸우고, 더 약한 것들을 밟게 된 것을 큰 행복으로 여기고 살아라. 그러나 한 아이가 일어서서 자기들끼리 싸우지 않겠다고 선언했고, 아이들은 동무의 편에 서서 홍탱크와 오토바이에게 맞섰다. 근태가 코피를 씻어주며 중얼거린 말, "됐어. 이제는 서로 안 싸워도 되는 거야. 우리가 똘똘 뭉치기만 하면 저 새끼덜 꼼짝 못하게 할 수도 있어."

'저 새끼덜'은 홍탱크만이 아니다. 형들만이 아니다. 형들 위에는 어른이 있고, 그 위에는 또 무엇이 있다. 바닥을 떠난 모든 것들은 언제든지 '저 새끼덜'이다.

다시 월요일, 길가에 개나리꽃 노랗고 목련꽃 하얗고 벚나무 꽃눈 터질 듯하고, 와와와 경중경중 들뜨며 교문에 들어섰다. 운동장

바닥에서 꽃눈 붙은 벚나무 가지를 주워들었다. 봄을 바라며 모두 하늘을 보고 있던 꽃눈이다.

"저기 새 있어요."

문간에 가서 떨어진 새를 주워들었다. 아직 몸이 따뜻하다. 혹시나 싶어 똥구멍에 바람을 불어보았으나 눈에 빛이 없다. 가지를 꼭 움켜쥐었을 네 발가락이 풀렸다. 봄날 아침 꽃은 환하게 새로 피고 공중을 날던 새는 투명한 유리창에 머리를 부딪혀 숨이 지고. 징그러워요 불쌍해요 하며 아이들이 멀찍이 피하는데, 그렇게 끝나서는 안 된다.

죽은 새를 손바닥에 올려놓고 걸었다. 가볍다. 가난한 발이다. 유리창은 그냥 거기 있었을 뿐이다. 새가 저 혼자 날아와 부딪혔을 뿐이다. 누구 탓인가. 유리창 탓이다. 그 자리에 가만히 있었고 크고 단단하니까 유리창 탓이다. 새가 날아오면 막아서지 말고 비켜주어야지.

오늘은 죽은 새와 꺾인 벚꽃 가지를 그렸다. 포스터를 그려 붙였다. 내가 무엇을 했다고 남이 바뀌지는 않는다. 내가 무엇을 했기 때문에 내가 바뀔 수는 있다. 그걸로 됐다. 🐦

멍게

　개학식 한다고 강당에 모여 길게 늘어지는 교장 선생님의 훈화를 들었다. 훈화를 요약하면 한마디로 '멍게가 되지 말라'는 것이다. 조회할 때 줄도 못 맞추고 멍청하게 서서 앞사람이나 툭툭 치고 공부도 못하는 멍청한 게으름뱅이 멍게가 되지 말고 똑똑하고 부지런한 '똑부'가 되라는 것이다.

　어른한테 기분 나쁜 말은 아이가 들어도 기분 나쁘다. 교장들을 줄 세워놓고 누군가 앞에서 호통 친다고 생각해 보라.

　'멍게, 멍부, 똑게 교장 되지 말고 똑부 교장이 되시오!'

　교실에 들어와서 아이들이 한 말.

　"저렇게 멍게를 나쁘게 말하는 사람은 처음이야."

　"난 안 들었는데. 귀에 들어오지가 않아."

　"아, 멍게 먹고 싶어."

　나도 멍게 생각난다. 소주에 멍게 회.

　개학날부터 아름답지 않은 말을 들었다. 이런 말을 용서해서는 안 되겠다, 자라기 전에 밟아야지 싶다. 이래서 찾아낸 시.

나는 텔레비전을 좋아하고
아버지는 담배 피우기를 좋아한다고
어머니는 불을 지피면서도
잔소리를 빠뜨리지 않으시지만

나뭇가지는 날마다 새로운 바람을 맞고
염소는 입 하나로 우리의 손일보다 재빠르고
내 친구 은미는 줄넘기를 잘하고
병인이는 늘 숙제가 밀리고

그래도 이 세상 끄떡없다.
다 다른 마음으로 살아도
이 세상 끄떡없다.

— 임길택, 「이 세상 끄떡없다」

글자 줄이기 놀이를 했다. '멍게, 멍부, 똑게, 똑부'를 밟을 수 있는 강력한 낱말 만들기. 내가 먼저 말을 지어서 칠판에 적었다.

'1노실 2노성 3안실 4안성'

뜸을 들이다가 뜻을 말하려고 나서는데 안재성이가 내 말을 가로챘다.

"저번에 육상 대회 나갈 때도 한 말이잖아요. 노력하고 실패하는

사람이 최고라고. 노력하고 성공하는 사람이 그 다음 좋고, 그 다음
엔 안 노력하고 실패하는 사람, 가장 시시한 건 안 노력하고 성공하
는 사람이라고."

김샜다.

"맞아. 그때 내가 워낙 감명 깊게 말했으니까 네가 기억하는 거
야. 니들도 이게 딱 맞다고 생각할 거야. 더 이상 다른 생각은 못해
낼 거야. 너희들은 내가 쳐놓은 거미줄을 못 벗어날 거다."

재성이가 안 지고 대꾸 한다.

"제가 거미줄에 물 뿌려 줄게요."
"그러길 바란다."
"바가지 주세요."

'노실'을 뒷받침하는 증거로 나는 5학년 읽기 교과서에 나오는
'잠자리 꿈쟁이의 꿈'이라는 글을 끌어들였다.
꿈쟁이라는 고추잠자리가 있었다. 이 세상에 살다 갔다는 흔적
을 남기고 싶다. 어떤 흔적을 남길까. 시, 소설, 연극, 퍼포먼스, 춤,
그림, 운동, 깨우침. 꿈쟁이는 글자를 배우려고 교실에 들어갔다가
아이들한테 잡혀 죽을 뻔했다. 멋진 장면을 연출하려고 하늘에 달
한테 날아가다가 바람에 쓸려 죽을 뻔했다. 결국 아무 흔적도 못 남
기고 제비한테 잡혀 죽고 말았다. 꿈쟁이의 꿈은 실패로 끝났다. 하

지만 다음해 꿈쟁이가 앉아서 꿈을 꾸던 자리에 꿈쟁이의 색깔과 꼭 같은 빨간 단풍잎이 돋아났다. 꿈쟁이의 꿈은 누군가의 가슴에 살아있고, 그 꿈은 퍼져나가는 것이다. 성공이 귀한 것이 아니라, 꿈을 꾸고 있고 꿈을 이루려 애쓰고 있는 지금이 귀하다, 이런 말.

재성이는 '혼일, 혼못, 남일, 남못'이라 적었다. 혼자 일어나는 사람, 혼자 못 일어나고 남과 같이 일어나는 사람, 남이 도와줘서 일어나는 사람, 남이 도와줘도 못 일어나는 사람'이라 한다. 재성이는 '혼일'이 최고의 가치라는 것을 말하기 위해 「생강나무꽃」을 내세웠다.

이른 봄 산골짝에
생강나무꽃 피었습니다

산과 들은 아직도 잿빛인데
혼자 노랗게 꽃 피었습니다

힘겨워도 저렇게
앞서 가는 꽃 있어야 합니다

그래야 봄입니다
거기서부터 봄입니다

— 도종환 「생강나무꽃」

힘들다고 포기하는 것보다 봄에 일찍 피는 생강나무꽃처럼 저 혼자서라도 그 일을 해내려고 노력해야 한다. 혼자서 일어나는 사람은 다른 사람이 하지 않는 것, 전쟁하려 하면 안 된다고 말하고, 다른 사람이 잘못된 길로 갈 때 내가 그 사람을 바로 잡아주는 것, 아무도 안 가면 나 혼자라도 가는 것, 그런 사람이 혼자서 일어나는 사람이다. 재성

준규는 '사평, 못하잘, 참부밥, 잘사'라고 적었다.

"첫째, '사평'은 사람 평가 안 하는 사람, 둘째, '못하잘'은 못하지만 잘 웃는 사람, 셋째, '참부밥'은 참기름에 부어서 밥에 비벼 먹는 사람, 그러니까 골고루 두뇌를 써서 활동하는 사람, 넷째, '잘사'는 자기만 잘사는 사람은 불행하다는 뜻이에요."

사람을 평가하지 않는 사람이 최고라며 본보기로 보인 시는 「제비집」이다.

할머니 혼자 사는 시골집에
제비집 지었네

할머니 혼자 사는 시골집에
제비집 짓고
제비 새끼 낳았네

지지배배 지지배배
아들아 딸들아
내 손주들아

지지배배 지지배배
방학하면 놀러 오너라

– 김용택 「제비집」

　할머니가 손주처럼 여기는 게 사람이기도 하고 새끼들이기도 하
다. 할머니는 동물과 사람을 구별하지 않고 감싸고 있다. 사람을 평
가하지 않는 사람이 훌륭하다. 준규

　성래는 '나놀, 미놀, 엉게, 깝잘',
　희연이는 '웃바, 사잘, 씩짜',
　하은이는 '웃부, 놀부, 웃게, 놀게',
　아름이는 '죽살, 죽안, 안살, 안안',
　예진이는 '날맨, 열성, 잘짜, 웃까, 깝줄, 짜준'으로 적었다.
　줄인 말을 적고는 자기 말을 받쳐줄 수 있는 글을 찾아내서 읽으
며 시간을 보냈다. 이 정도면 '멍게'라는 말이 밟혀 찌그러지지 않
았을까. 적어도 아이들끼리 '이 멍게 같은 놈아' 하는 말은 안 할 거
같다. 교장 선생님 덕분에 글자 줄이기 놀이를 할 수 있어서 즐겁고
고마웠다. ㉑

썩은 감자

"짜증나!"

고함이 터졌고 뒷문이 꽝 닫혔다. 나는 복도에서 교실로 막 들어서려다 코 찧을 뻔했다. 엄청나게 무시당하는 느낌. 인간이 이런 대접을 받고 살아서는 안 된다.

"누구야! 손들어!"

내가 펄펄 뛰니까 좀 전까지 팔팔 날뛰던 아이는 그만 기가 죽어 꼼짝없이 두 손을 들어올렸다. 곧 후회했다. 권력 있는 놈이 순간의 기분으로 휘두르는 폭력이 이런 꼴이다.

"내려."

아이는 입 내밀고 발 쿵쿵 디디며 자리에 들어갔다. 몸 구부려 책상에 얼굴을 묻는다. 6학년 남자아이가 짜증나게 해서 짜증이 난 거라 한다. 짜증이 나서 "짜증나" 소리치며 문을 걷어찼고, 그 문이

닫히면서 교실로 들어오려던 나를 치려했고, 내 눈에 심지가 켜지면서 폭발했고.

교실은 어둡다. 엎질러진 물, 계속 가보는 수밖에.

"안재성, 일어서 봐."

죄 없는 재성이가 일어섰다.

"복도에 나가."

복도에 나갔다.

"들어와."

재성이가 들어오려 할 때 내가 "짜증나" 소리치며 문을 걷어찼다. 문이 꽝 닫혔다. 잠시 침묵. 재성이가 닫힌 문을 열고 머리를 디밀며 투덜댄다.

"에이씨, 탁쌤, 뭐예요."
"기분 어땠어?"
"더러워요, 씨."
"미안해."

됐어요, 하며 자리에 철썩 앉는다. 다가가서 어깨를 주무르며 아부하기. 투닥투닥툭툭툭.

"장난인 거 알지? 미안. 잘못했어. 용서해줘. 흑흑."

재성이는 간지럽다 헤헤거리며 허리를 펴는데 저쪽에 자존심 구긴 아이를 일으키는 데는 효과가 없었다. 여전히 엎드려 구겨진 채 컴컴하다.

핑계를 대자면 이건 다 '짜증나' 때문이다. 몸의 한 부분처럼 그 몸에 붙어있는 말. 짜증나는 일이 생겨서 짜증나는 것이 아니라 '짜증나'라고 말을 하기 때문에 짜증이 나는 것이다. 아침에 실습지 밭에서 풀을 뽑을 때도 모기가 물었다며 "아, 짜증나 짜증나." 짜증나 소리를 쉼 없이 해서 정신없이 덥고 짜증이 났고, 공기놀이 할 때도 "짜증나 짜증나." 짜증나 소리가 교실 공기를 타고 다니며 귀를 자극해서 여럿이 짜증이 났다. 너는 짜증이 버릇이 되어서 짜증, 우리는 '짜증나'라는 말에 물려서 짜증.

부엉 부엉을 입에 달고 사니까 부엉이, 개굴 개굴을 입에 달고 사니까 개구리, 귀뚤 귀뚤 귀뚜라미. 짜증나를 입에 달고 살면 뒤죽박죽 뒤범벅 짜장맨 아닐까. 짜증년인가? 한두 번이라야 짜증을 인정하지, 부엉이도 귀뚜라미도 아니고 부르릉 오토바이도 아니고 어떻게 만날 같은 말을 입에 달고 사냐. 버릇처럼 혀끝에 붙어있는 말은 진심을 담은 말로 받아들일 수 없노라.

'짜증나'를 다른 말로 바꾸면 좀 나을까. 가령 안재성이가 옆구리를 건드리면 '짜증나' 대신

"아야, 문어 빨판이 붙었어!"

장준규가 말하다가 침 튀기면

"헉, 독물 튀겼어. 썩어들어가!"

　너무 길어. 복잡해. 그거 생각할 동안 짜증난 까닭을 잊겠네. '짜
증나'처럼 쌍지읒 자음이 주는 후련함이 없어. 짜증나 대신 짜장면
은? 짜장면이 그릇 뒤집어쓰고 주루룩 짜증낼 거야. 뭐가 좋을까.
짜증나를 대신할 말. 찾아보자.
　아이들이 교실 책꽂이에서 시집을 한 권씩 빼서 짜증에 대한 시를
찾는다. 저쪽에 컴컴하게 엎드렸던 아이도 몸을 일으켰다. 하은이는
김용택의 「꾀꼬리」를 골랐다. 예진이는 도종환의 「썩은 감자」를 골
랐다. 준규는 김은영의 「옻나무」를 골랐다. 누구는 박방희의 「참새
놀이터」, 누구는 정미진 어린이의 「조회시간」을 골랐다. 지독하게 짜
증나는 장면을 잡아낸 시들이다. 투표 결과 「썩은 감자」가 최고의
짜증 시로 뽑혔다.

아이고, 냄새야
에이, 더러워라
벌레 생긴 것 좀 봐
썩은 감자 버리고 오는데

파리는 자꾸
나만 따라다닌다

– 도종환, 「썩은 감자」

시에는 짜증나는 일이 세 개 있어. 냄새 때문에 짜증나고, 벌레 때문에 짜증나고, 파리가 윙윙 따라와서 짜증나고. 예진

코로 냄새가 나고, 눈으로 보니 더럽고, 벌레가 꾸물거리고, 그걸 버리고 와야 되고, 파리까지 따라온다. 정말 짜증난다. 재성

처음에는 냄새를 맡았는데 나중에는 몸에 썩은 감자물이 튀었어. 드럽게. 준규

파리는 냄새 맡고 오니까 보는 것보다 더 멀리서 와. 짜증이 점점 커진다. 예진

방향이 달라서 시가 2연이다. 썩은 감자는 버리러 가고 있고, 파리는 올 때 따라오니까. 재성

썩은 감자는 죽은 거고 파리는 살아있고, 썩은 감자는 소리가 없고 파리는 소리가 있고, 그래서 시가 두 개 연으로 나누어 있다. 예진

이 시를 쓴 사람은 하나에 집착하는 사람인 것 같다. 썩었는데도 끝까지 보고 있다. 아름

시인은 집착하는 사람, 썩은 것에 눈 안 감고 끝까지 보는 사람. 이 시로 무엇을 할까. 동철

놀이 만들자. 파리가 썩은 감자 서로 빨아 먹을라고 먼저 위에 올라갈라고 싸우는 것처럼 우리도 중간에 뭘 놓고 그걸 서로 차지하

려고 싸우는 놀이. _{재성}

파리가 달라붙은 건 먹을 게 있어서 그래요. 파리가 알 까면 구더기가 생기잖아요. 썩은 감자에 애벌레가 꾸물꾸물 기어다니니깐 썩은 감자 서로 먹을라고 기어가는 애벌레 놀이 해요. _{예진}

냄새는 눈보다 더 빠르잖아요. 냄새로 먹을 거 있는 걸 알고 오니까 냄새로 뭘 찾는 놀이 해요. _{재성}

버리러 가다가 썩은 감자가 몸에 묻었으니까 우리는 감자 대신 냄새나는 신발을 벗어 날려서 서로 맞추는 놀이 하자. _{동철}

파리잡기 놀이 해요. _{성래}

내가 들어보지 못한 놀이들이다. 의심스럽지만 하여튼 해보자. 책상을 뒤로 밀고 썩은 감자 놀이를 시작했다. 아, 그 전에 먼저 가게에 가서 썩은 감자를 샀다. 아니, 썩은 감자처럼 둥글게 생긴 팬케이크 과자와 냄새가 독한 마늘 소시지를 사왔다. 썩은 감자 놀이 시작.

애벌레 놀이

썩은 감자 속을 파먹는 애벌레처럼 꾸물꾸물 기어가서 먼저 과자를 차지하는 놀이. 두 사람이 짝을 지어 앞뒤로 붙어서 애벌레 모양을 만들었다. 아이들이 배를 마룻바닥에 대고 버들쩍거리며 기어달렸다. 아이들은 과자 차지할 욕심에 자꾸 더 하자고 졸랐고, 나는 아이들 요구를 거절하지 않았다. 덕분에 교실 바닥이 반짝반짝해졌다.

냄새 찾기 놀이

파리가 눈보다는 코로 알아차리고 썩은 감자와 썩은 냄새가 몸에 밴 사람한테 꾀어드는 것처럼 냄새로 먹을 것을 찾는 놀이. 마늘 소시지를 몇 조각으로 잘라 교실 한 켠에 두고 안대로 눈을 가린 아이들이 뒷짐 지고 코를 벌름거리며 마늘 소시지를 찾아내서는 덥석 입에 물었다.

썩은 감자 뺏기 놀이

파리가 썩은 감자를 서로 차지하려고 덤벼들 듯이, 두 사람 가운데 썩은 감자를 놓고 먼저 집는 사람이 임자. "감자!"하면 집어야 한다. "감주" "감투" 이런 소리에 집으면 경고. 예선에서 하나씩 집어 먹은 사람끼리 결선에서 다시 붙었다. 희연이가 최종 승자가 되어서 우리 반 왕파리로 뽑혔다.

신발 맞히기 놀이

이건 내가 생각해낸 놀이. 썩은 감자 버리러 갈 때 감자 물이 몸에 배거나 튄 것처럼 고랑내 나는 신발로 상대를 맞히는 놀이. 마주 보고 서 있다가 하나 둘 셋, 하면 발에 신은 실내화를 발사해서 맞히는 건데, 신발을 몸에 맞은 아이들이 몹시 기분 나빠 했기 때문에 오래 하지는 않았다. 다른 놀이는 재미있는데 선생님이 생각해낸 놀이만 재미가 없다는 기분 나쁜 말을 들었다. 짜증나.

이 정도에서 마쳤다. 파리 술래잡기 놀이는 다음으로 미뤘다. 놀이 하고 난 뒤 「썩은 감자」가 어떻게 달라졌을까.

놀이하기 전에는 그냥 시였는데 놀이하고 나니까 공감이 생겼어

요. _{재성}

애벌레는 빈둥빈둥 놀아서 좋겠다 했는데 우리가 애벌레 놀이하
느라 바닥을 기어보니 개고생이에요. 애벌레도 그냥 놀고먹는 게 아
닌가 봐요. _{예진}

눈이 안 보여도 냄새로 먹을 걸 찾을 수 있어요. _{아름}

교과서에 나오는 시로는 놀이 못해요. _{예진}

교과서 시는 재미가 없어요. 모르는 시 쓰는 아저씨한테 시 달라
해서 "이거 교과서에 넣어" 해서 아무렇게나 교과서에 넣은 거 같아
요. 재미있는 시에 맞춰 교과서에 넣어야 하는데 교과서에 맞춰 시
를 아무 시나 넣은 것 같아요. _{재성}

이쯤에서 정리.

"김성래, 나와 봐."

죄 없는 성래가 나왔다.

"네가 6학년 남자아이다."

아침에 여자아이를 놀린 6학년 남자아이 역할을 성래가 맡았다.
짜증난다고 고함쳤던 여자아이도 나오라 했다. 여자아이한테 실뭉
치를 주었다. 시작.

6학년 남자아이가 '메롱' 놀렸고, 여자아이가 실 끝을 꼭 쥐고 뭉
치를 6학년 남자아이한테 던지며,

"짜증나."

6학년 남자아이가 실을 쥐고 뭉치를 다시 여자아이한테 던지며

"짜증나."

여자아이가 실뭉치를 문을 맡은 아이한테 던지며

"짜증나."

문이 실을 쥐고 뭉치를 나한테 던지며

"짜증나."

교실을 들어오려던 내가 멈칫, 실을 쥐고 뭉치를 여자아이한테
다시 던지며

"짜증나."

이제 약을 올린 6학년 남자아이와 짜증나 여자아이와 문과 나,
이렇게 넷이 실을 쥐고 있다. 실은 사슬처럼 얽혔다. 한 사람한테서
시작한 '짜증나'는 돌고 돌며 공격한다. 팽팽하다. 내 주머니에 있던
가위를 꺼내서 실 중간에 대며

"썩은 감자!"

싹둑, 줄이 툭 끊어졌다.

오늘은 수학 시간에 소수의 곱셈을 했고, 쉬는 시간에 공기놀이를 했고, 국어 시간에 썩은 감자 시를 읽었고 썩은 감자 놀이를 했는데 어찌 썩은 감자 불똥이 엉뚱하게 교과서로 튀었는지 모르겠고, 놀이나 연극이 들어있는 시가 좋은 시라는 말이 나왔고, 실을 툭 끊으면서 12시 20분이 되었고 이제 점심시간이다.

예진이가 걸어가다가 걸상에 발을 부딪쳤다.

"아, 썩은 감자야!"

준규가 교실에 들어오려는데 누가 교실 문을 잠갔다.

"야이 썩은 감자!"

아름이가 공기놀이 5단계 하고 있는데, 안 죽었는데 예진이가 자꾸 죽었다고 하니까,

"안 죽었어. 썩은 감자!"
"진짜 죽은 거 맞잖아. 썩은 감자!"

공기놀이가 한참 재미있는데 선생님이 점심시간 끝이라고, 공부하자고 한다.

"아 썩은 감자!"

…….

"썩은 감자!"

달라도 좋지

감꽃
****

다른 생각
****

도토리
****

새
****

나사 돌리기
****

감꽃

담 너머 산비탈에 길게 뻗은 칡순이 어서 오라 어서 오라 우우 손짓한다. 축 처진 시누대와 담이 맞닿은 곳, 좁고 어둔 공간에 눈이 멀쩡한 거미는 날마다 집이 깨끗하고 손목이 야위어 간다. 담 밑에 감꽃 떨어지고 감똑 떨어지던 자리에 풋감이 널렸다. 떨어진 풋감을 주워 손바닥 위에 올려놓고 들여다본다. 꽃 필 때는 조롱조롱 내려보던 눈 꽃이었다. 하얗게 깔린 꽃은 입에 넣으면 달고 떫은 꽃, 실에 꿰면 목걸이 꽃이었다. 아침마다 시멘트 마당을 쓸어내는 옆집 노인은 쓸게비 꽃이라 여길 것 같다. 꽃관을 벗어던지고 몸집을 제법 불린 요즘에도 하나하나 떨어진다. 바닥에 뒹굴다가 저 혼자 물러지면 벌 나비가 날아와 깨진 상처를 빤다. 대전에서 통일운동하는 형이 좋아하는 꽃, 거름이 되어주는 꽃. 수없이 맺힌 감이 모두 굵어지면 나무는 꺾일 수밖에 없다. 위대한 사랑은 자기를 감춘다. 가을날 감나무에 붉은 빛 탐스러운 감은 스스로 떨어져 거름이 되어준 감, 감똑, 감꽃들이 키워낸 자랑이다.

풋감을 손에 들고 가운데 계단을 걸어 2층 우리 교실로 간다. 계단 벽에는 역대 교장들의 사진이 걸려있다. 1대 장우태랑, 2대 하합의태랑, 3대 강두대전, 이런 일본 교장들의 이름에 이어 젊지 않은 남성 노인들의 얼굴 사진이 붙어있다. 오래 전에 죽은 대부분의 혼들과 아직 살아 있는 몇몇 얼굴들이 한자리에 어울렸다. 개 집 속엔 역대 수캐들의 사진을, 닭장 속엔 번쩍번쩍 벼슬을 길게 늘어뜨린 역대 수탉들의 사진을 걸라 하자. 작대기 하나라도 더 걸치면 무조건 "충성"이다. 사진이 걸린다면 졸업생들 사진이 걸릴 자리다. 졸업생의 얼굴이라면, 밑에서부터 힘을 다하여 싸우고 노력한 한 인간의 얼굴이라면 거기에서 조근조근 이야기가 스며 나올 수도 있겠지.

교실 책상 위에 풋감을 올려놓고 가만히 기다렸다. 불러도 돌아보지 않았다. 아이들이 가까이 온다. 나는 감을 본다. 이걸로 뭘 할 거냐고 묻는다. 걸렸다. 되는 대로 흔들어 본다. 감을 보자. 감이 말하고 있는 진실에 한 발짝이라도 가 보자.

예쁜 꽃, 눈꽃, 목걸이꽃, 거름꽃. 감, 하면 뭐가 생각나? 너한테 감은 뭐야? 동철

집에서 이걸로 감식초 만들어 먹어요. 엄마만의 비법. 냉면에 들어가고, 반찬 만들 때 거의 다 들어가요. 예진

나는 놀잇감으로 써. 탑 쌓기 놀이. 준규

바닥에 떨어져 있으면 꽉 밟아서 부셨는데요. 형이랑 축구도 해요. 성래

나는 밤둥이한테 던져. 강아지가 깨물라 해. 한결

시 두 편을 꺼냈다.

농사꾼이 농사를 지어 쌀을 내놓듯, 시인이 시를 내놓았어. 먹는 건 우리 맘이야. 밥을 지어먹든 떡을 해 먹든 케이크를 만들든 막걸리를 만들어 마시고 취하든. 먹는 방법도 맘대로. 공중에 던져서 날름 받아먹어도 되고 누워서 떡먹기 해도 되고. 동철

누워서 먹으면 소 된대. 한결

냄새 맡으면서 먹어.(종이에 코를 대고 킁킁) 성래

벼 이삭 싸락싸락 고개 숙이는 거 보러 논 앞에 가고요, 빨간 고추 마르는 거 냄새 맡으러 고추 밭에 가요. 예진

누가 우주 얘기하면 우주선 타고 가? 동철

입 안 얘기하면 입 속으로 들어가고. 예진

거기에 가 있다고 생각하고 읽으면 생생하겠네. 동철

감나무 그늘에 서서 감을 올려다본다고 생각하고 읽어요. 성래

자기가 겪은 일을 떠올리며 읽어요. 준규

눈 감고 들으면 잘 들려. 읽어 줘. 한결

푸른 감 붉은 빛 돌 때, 빨간 고추 햇살에 맵게 마를 때, 벼이삭 싸락싸락 고개 숙일 때, 별빛에 메주콩 통통하게 살이 오를 때, 하늘 닮아 바다 빛 고울 때,

우리 할아버지, 누이 만나러 금강산 간다.

－강삼영 「푸른 감 붉은 빛 돌 때」

가을이 좋아. 가을에는 잘 놀 수 있어. 성래

가을에는 방학이 없잖아. 한결

시에 촉감이 있는 거 같아요. 메주콩 통통하게 살이 오를 때. 예진

푸른 감 붉은 빛, 색깔이 보여. 성래

고추는 매워. 예진

코도 맵고 입도 맵고 눈도 매워. 한결

감으로 무얼 말하려는 거지? 동철

변화. 퍼럴 땐 딱딱하고 빨갛게 잘 익으면 통통해요. 성래

이산가족. 준규

만남. 한결

기다림, 통일. 예진

그런데 ○○ 나쁘다. 통일 하면 아무 때나 만나도 되는데. 한결

○○에 대해, 통일에 대해 말을 해보다가 다른 시를 읽었다.

감잎 필 때가 좋았지

감꽃 필 때가 좋았지

땡감일 때가 좋았지

홍시일 때가 좋았지

까치를 기다릴 때가 좋았지

서리 맞고 눈이 와도

하얀 눈이 펑펑 내려도

하얀 눈을 펑펑 맞아도

감 딸 사람은 오지 않고
눈을 하얗게 쓰고 떨어져 박살이 나도
감 딸 사람은 오지 않네

– 김용택, 「감나무」

이 시 재밌다. 예진

변덕쟁이다. 자꾸 바뀌어. 준규

감이 볼거리다. 감이 바뀌는 걸 보고 썼으니까. 성래

여기 감나무는 산속에 있나 봐요. 마을 가까이 있으면 따 먹을 텐데. 왜 까치도 안 왔을까? 예진

왕따 당하는 거 같다. 한결

외톨이. 준규

과정의 아름다움. 지금은 별것 아니지만. 성래

감은 할아버지 같아요. 가족을 기다리는 할아버지. 가족이 다 떠나고 혼자 시골에 있는. 예진

감은 혼자다. 친구가 없어요. 한결

감은 죽은 짱이. 새끼 강아지가 죽었어요. 감이 기다리는 거예요. 먹어준 사람이 아무도 없어요. 나도 짱이가 보고 싶어요. 준규

두 시는 어떻게 같고 어떻게 다를까. 「푸른 감 붉은 빛 돌 때」와 「감나무」를 나란히 놓았다.

'푸른 감 붉은 빛 돌 때'는 다 가을인데 '감나무'는 봄부터 겨울까지 있어요. 성래

'푸른 감 붉은 빛 돌 때'는 푸른 감, 빨간 고추, 벼 이삭이 공평하게 있어서 줄이 안 바뀌고 옆으로 이어지는데, '감나무'는 시간이 흘러서 줄이 바뀐다. 예진

하나는 아이가 말하고 있고, 하나는 할아버지가 말하고 있다. 둘다 기다린다. 한결

'푸른 감 붉은 빛'에서 감은 공중에 나무에 있는데, '감나무'의 감은 땅에 떨어졌다. 무거운 마음. 준규

'감나무'에서는 아무도 오지 않았는데, '푸른 감 붉은 빛 돌 때'는 만나러 갈 거니까 서로 만난다. 한결

'푸른 감 붉은 빛 돌 때'는 환해. 희망이 있고. '감나무'는 기다려도 소용없어. 어두워. 예진

함께 시 읽기는 눈 뭉치기다. 상대의 말을 내 것으로 받아들이고 거기에 살을 붙여서 우리의 감상이 또 다른 한 이야기를 만들어낼 수 있기를 바란다. '강삼영'의 감은 두근거리는 앞날, '김용택'의 감은 한숨 나오는 현실을 보여주는 걸로 말이 나왔는데, 이래도 되는 건지 모르겠다. 한때는 두근거렸고 곧 만날 것 같았는데, 만나기도 했는데, 지금은 캄캄한 절망이다. 그러나 감꽃은 또 다시 피어나고 어린 감은 자란다. 감이 온다. 나누었던 이야기를 다져서 정리하는 글이나 시를 한 편 써보는 걸로 시 읽기를 마치려 한다.

책상 위에 놓여있던 풋감은 아이들이 자꾸 만지작거려서 꼭지가 빠지고 물렁해지고 물이 흘러나왔다. 덕분에 처음에 품고 있던 것

들, 눈 꽃, 목걸이 꽃, 먹는 꽃, 거름 꽃에다가 식초 감, 놀이 감, 축구 감, 밤둥이 감에다가 기다림, 그리움, 만남 따위를 더 보탤 수 있었으면 좋겠다.

기다리고 있지 하늘 보면서
옛날 추억 되돌리고 있지
주인과 놀았을 때가 좋았지 하고
난 아파 누워 있고
짱이는 경운기 밑에서 기다리지
난 병원에서 퇴원했지
짱이는 기다리다 나한테
올려고 가다가 경운기에 치었지
웃으면서 날 기다리면서 하늘나라로 잘 갔겠지
보고 싶은 짱이야

─ 5학년 장준규, 「죽은 짱이」

　　우선 '감나무'라는 시는 절망, 허무함, 좌절의 시인 것 같고 '푸른 감 붉은 빛 돌 때'라는 시는 설렘, 만남의 시인 것 같다. 먼저 감나무를 보고 말을 하는 사람은 할아버지, 할아버지 할머니 같다. 왜냐하면 '눈을 하얗게 뒤집어쓰고 박살이 나도 감 딸 사람은 오지 않네'와 '까치를 기다릴 때가 좋았지'라는 것 때문에 할아버지 할머니를 생각한 것이다. 감나무는 도시보다 시골에 많다. 그래서 이 감나무는 할아버지와 할머니의 집, 감은 할머니 할아버지. 이제 이 할아버지와 할머니도 많이 늙어서 병들고 죽을 때가 됐는데 자식들이 찾아오지 않는 이야기 같다. 여기서 까치는 자식들을 표현한 것이고, 까치도 안 오자 다른 가족들을 기다려보지만 오지 않는 슬픈 시인 것 같다. 하지만 여전히 희망을 가지고 있다. 내가 그 할아버지와 할머니라도 조금의 희망은 가지고 있었을 것이다.

'푸른 감 붉은 빛 돌 때'는 희망 만남의 시라고 나는 생각한다. 남한과 북한에서 서로 약속을 해서 이산가족을 금강산에서 만날 수 있게 되었다. 할아버지는 누이를 만나려고 얼마나 많은 기다림이 있었을까. 오래 기다렸기 때문에 누이를 만나면 기쁨이 클 것이다. 이 시로 통일의 희망을 엿볼 수 있고 또 그렇게 되기를 바란다.

또 여기서 '감나무'와 '푸른 감 붉은 빛 돌 때'는 조금이지만 공통점이 있다. 그것은 '기다림'이다. '감나무'는 어느 누구 따질 것 없이 기다리고 있고, '푸른 감 붉은 빛 돌 때'는 지금은 만났을 것이고 옛날에는 만나길 기다렸기 때문이다. '감나무'도 희망을 잃지 않는다면 '푸른 감 붉은 빛 돌 때'처럼 만날 수 있을 것이다.

─ 5학년 정예진, 「감나무」와 「푸른 감 붉은 빛 돌 때」를 읽고

다른 생각

창문 열고 바가지에 물을 떠서 화분에 주고 있는데 우리 반 성래
가 들어온다.

"성래야!"

바가지 든 손을 높이 올려 흔들었다. 일찍 와서 혼자 앉아있는 성
래한테 같이 읽을 시를 골라보라 했다. 성래는 김자연 동시집 『감기
걸린 하늘』을 집어 들었다. 요새 우리 반 아이들한테 인기 있는 시
집이다. 고른 시는 「다른 생각」이다. 「다른 생각」을 고른 까닭.

"저도 이 시랑 같은 경험이 있어서요. 아무것도 안 하고 싶은데
누나가 시켜요. 빨래 빨기, 빨래 널기, 방 쓸기. 저는 학원은 안 다니
지만 시에 나오는 엄마처럼 가기 싫은데 자꾸 가라고 하면 귀찮을
것 같아요."

엄마가 일하다가 손가락 끝이 잘린 적이 있다고, 낮에 공장 가서
일하고 밤에는 힘드니까 밥 못한다고, 밥 짓고 밥 차리는 건 자기

일, 설거지는 형의 일이라고 한다. 성래한테는 배울 게 많다. 성래와 한 반에서 지낼 수 있는 나는 복이 많다. 시를 칠판에 적고 아이들과 같이 읽었다.

내가 엄마에게
제일 들어 보고 싶은 말

학원 가지 마라
숙제하지 마라
공부하지 말고
제발 나가 놀아라
컴퓨터 마음껏 해라.

엄마가 나에게
제일 들어 보고 싶은 말

학원 열심히 다닐래요
숙제하고 놀게요
컴퓨터 그만할래요.

– 김자연, 「다른 생각」

나도 안 하고 싶을 때가 있는데 자꾸 시켜. 준규

엄마가 다른 애들이랑 경쟁해서 안 질라고 해. 아이는 자유고 싶은데. 아름

어른인 나도 학교에 가면 시키는 말을 듣는다.

어제 교감 선생님한테 들은 소리 '실습지 밭에 해바라기가 다 말라서 보기 싫으니 치워라, 아이들 연못에 못 들어가게 하라.' 아이들한테 들은 소리 '선생님 때문에 폭발하잖아요.'

「다른 생각」을 읽는 아이는 성래나 준규나 아름이처럼 저마다 자기 경험을 쏟아낼 것으로 기대했다. 그러나 뜻밖으로

저런 아이는 화끈하게 자유롭게 살라고 밖에 내보내봐야 해. 예진

글에 나오는 아이는 이기적인 것 같아. 저 애네 엄마가 저런 말하는 이유는 아이가 공부도 안 하고 숙제도 안 하기 때문이야. 자긴 하지도 않으면서 그런 말 하지 말라 하잖아. 재성

이렇게 되면 시인을 대신해서 이야기를 끌어가는 화자와 현실 독자의 반응이 엇나간다. 모든 어른의 생각이 같지 않은 것처럼 모든 어린이의 생각이 같을 수는 없는 것이다. 학원 문제도 마찬가지로, 내가 보기에 어떤 아이들은 학원가는 걸 즐거워한다. 자기 뜻과 상관없이 프로그램을 밀고 나가는 학교 방과 후 프로그램보다는 학원이 더 자유롭다고 한다.

먹을 때. 가게 가서 고를 때 20분 걸려. 초코 다이제하고 그냥 다

이제가 맛있단 말이야. 둘이 서로 자기 골라 달라 그래서 고민하다가 아이스크림 쪽으로 가면 아이스크림이 아우성이야. 옥동자하고 쌍쌍바하고 슈크림바하고 또 팥빙수하고. 서로 자기 고르라고. 아이고 골 아파. 예진

두 사람이 싸워서 갈라졌는데 나는 어디로 가야 하나. 두 사람이 친구였는데 둘이 갈라졌을 때 한 명한테 가면 다른 친구가 걔를 더 좋아할 거라 생각하고 미워하니까 미움 받기 싫고. 성래

하은이랑 나랑 싸울 때 성래가 하은이한테 갔어. 예진

사골 국물처럼 제가 경험 있어요. 아빠가 술 먹으면 '너 맘대로 해라' 하고요. 다른 날은 이거 해라 저거 해라 빨리 씻어라 빨리 자라 해요. 준규

밥 먹을 때 아침에 나는 먹기 싫단 말이야. 아빠가 밥 안 먹으면 학교 안 보낸대. 나는 먹기 싫어. 학교 와서 토해. 어른 생각은 밥이 최고래요. 나는 밥 먹으면 속이 안 좋은데. 예진

조회 설 때 다 성실히 서서 상쾌한 공기 마시라고 말하는데 우리는 드러운 공기야. 강당이 매캐캐 해. 재성

조회 설 때 교장 선생님 말이 길어. 우리는 짧으면 좋겠는데 교장 선생님은 우리가 가만히 있으면 잘 듣는 줄 알고 계속 말을 해. 다리가 후들거려. 준규

씩씩하게 서서 아침 군기 잡아서 공부 시킬라고 하는데, 그런데 역효과 나. 교실에 들어오면 화장실 가는 애들 많아. 오래 서 있어서. 그럼 공부시간 지나가. 재성

선택의 순간순간들이 모여 하루를 이루고 한 달을 이룬다. 그러

나 요즘 아이들은 대부분의 시간을 어른의 선택으로 지낼 수밖에 없다. 할 일이 많고 바빠서 불행한 것이 아니라 자기 선택이 없어서 불행한 것이다. 어쩌면 자기 선택을 할 줄 모르고, 자기 선택을 두려워하는 아이들이 되어버렸는지도 모른다. 이야기를 나누고 보니 이 시에는 세 가지 맛이 있는 것 같다.

1) 나도 하고 싶은 말, 듣고 싶은 말이 있어.
2) 서로 생각이 달라서 부딪혀.
3) 내 선택이 없어 괴로워.

셋 중 한 가지 주제를 골라 글을 써보았다.

    누나는 빨래가 많으면 날 부려먹는다. 그럴 때 누나한테 싫어라고 하면 맞는다. 그래서 나는 빨래를 한다. 그리고 누나와 거리가 멀어지면 욕을 막 한다. 하지만 누나와 가까워지면 얼굴에 미소를 보인다. 그러고는 내가 잘못하면 다시 하라 그런다. 나는 마음속으로 지가 하지 왜 나를 시켜, 라고 한다.

– 김성래, 「누나」

내가 듣고 싶은 말
강아지 좀 키워라 똥오줌 내가 치울게

빨래 개지 말고 나가서 좀 놀아
저녁 짓지 말고 가서 텔레비전 좀 볼래?
숙제도 하지 말고 공부도 하지 마.

엄마가 듣고 싶은 말
수학 성적 올릴게요
안 사 먹을게요
밥 차리는 거 도와줄까요?
제발 학교 갈래요.

– 정예진 「서로 듣고 싶은 말」

어른은 아이한테 큰 바람
어른은 아이한테 힘든 걸 하라 한다.
공부해라 그래야지 훌륭하게 크지
어른은 텔레비전에 재벌이랑 거지가 있으면
누가 될래 한다
어른의 욕망은 크고 아이의 욕망은 작다
어른은 아이한테 독재로 만들려 하고
아이는 자유롭다.

– 장준규, 「욕망」

조회하면 다리가

어마어마하게 아프다

왜냐 계속 서 있으니까

다른 아이들도 마찬가지다

다리가 후덜덜덜 떨리고

교장 선생님 말씀 들으면

다 내 잘못 같다.

– 김수민 「조회」

아이들이 쓴 글로 즉흥 연극을 했다. 서로 눈치껏 역할을 맡아서 상대의 움직임에 맞게 자기 역할을 해내는 연극이다.

성래가 쓴 글로 한 즉흥극은 이렇다.

음악이 들리고 세탁기가 빙글빙글 돌며 무대 앞으로 나오고 빨래가 구겨진 채 나오고 누나가 나오고 성래가 나오고. 세탁기가 서 있고 귀퉁이에 빨래가 있고 무대 가운데 누나가 서서 설거지하고 성래는 누워 텔레비전 보고. 정지. 누나가 다가와 방문 열고 성래를 잡아끌며 저쪽을 가리킨다. 성래는 어기적 걸어 빨래를 들고 가서 세탁기에 넣는다. 세탁기가 돌아갈 때 빨래도 돌아간다. 성래가 다시 누워 텔레비전 볼 때 정지. 누나가 방문 열고 저쪽을 가리킨다. 성래는 세탁기에 빨래 꺼내서 빨랫줄에 넌다. 성래, 자리에 앉아 책. 정지. 누나, 다가와 손짓. 성래, 빨랫줄에 빨래 걷어서 옷장에 넣는다. 정지.

아무도 말하거나 웃는 사람 없고 세탁기 맡은 아이는 오직 세탁기가 되었고 빨랫줄 맡은 아이는 오직 빨랫줄이 되었다.

　이어서 준규가 쓴 글로 연극을 했다. 교실이 숙연했다. 예진이는 자기가 한 말로 연극을 했다. 아이들이 초코다이제스트, 다이제스트, 옥동자, 쌍쌍바, 슈크림바, 가게아가씨, 예진이 역할을 하나씩 맡아서 팬터마임 음악에 맞추어 연극을 했다. 🅐

도토리

예진이가 마을 할머니들이 마당에 도토리를 널었다며 우리도 도토리 주우러 가자는 의견을 냈다.

"도토리 주우러 갈까?"
"가자."
"언제?"
"토요일."
"도토리 주워서 무엇을 할까?"
"도토리에다가 얼굴 그리기 하자, 다람쥐들이 무슨 맛으로 도토리 먹는지 느껴보자, 다람쥐처럼 우리도 입에 불룩하게 넣어 보자, 음식 해 먹자, 도토리 키 재기가 다 똑같은지 도토리 키 재기를 해 보자, 어떤 나무의 도토리인지 알아보자, 참나무 종류 알기, 가장 큰 거 줍기 왕 뽑자, 도토리 공기놀이……."

교실 책꽂이에서 도토리와 관련 있는 책을 찾아보았다. 『까만 열매 빨간 열매』, 『나무도감』, 『도토리는 다 먹어』에 도토리 이야기가 나와 있다. 시집에는 '도토리'를 글감으로 잡아 쓴 시가 다섯 편이 있었다. 누군가 말을 꺼내면 도움 줄 것들이 어디선가 나타나주는 것이 신기했다.

그림책 『도토리는 다 먹어』를 책장을 넘기면서 읽었다. 도토리가 싹이 나서 자라고 꽃이 피고 열매 맺고 떨어지는 과정과 우리 산에 있는 참나무 여섯 종류, 신갈, 갈참, 졸참, 상수리, 굴참, 떡갈나무와 도토리 이야기를 할머니 입으로 들려주고 있다.

도감을 보며 참나무 잎과 도토리를 자세히 그려 보았다. 시와 그림책과 도감을 돌려 보며 사진처럼 눈에 익히기로 했다. 우리가 산에 가서 참나무를 만나고 도토리를 주웠을 때 그게 어떤 참나무인지, 어떤 도토리인지 알아낼 수 있도록 공부를 해보기로 했다. 도토리를 주워들고도 무슨 도토리인지 모르면 그냥 산을 내려오기로 했다. 나무 모양, 잎 모양, 줄기 모양, 도토리깍정이 모양을 잊지 않기 위해 되풀이해 책을 살폈다. 한 사람이 한 종류의 도토리를 맡아 자기가 맡은 도토리에 대해서는 전문가가 되기로 했다. 재성이는 신갈나무, 준규는 떡갈나무, 예진이는 굴참, 성래는 갈참, 하은이는 졸참, 아름이는 상수리를 맡았다. 이래서 도토리 전문가 일곱이 생겨났다.

금요일. 도토리에 대한 시를 읽었다. 우리가 찾아낸 다섯 편의 시 중 두 편을 골라 칠판에 적었다.

도토리묵을 숟가락으로 떠먹는 밤이다
도토리묵 속에 박힌 깨알은 흰 별이 되고
툇마루 밑 누렁이는 동그란 달이 된다

문풍지 우는 소리에 고드름 귀가 새하얗게 자라는 밤이다

— 유강희 「도토리묵」

참깨가 하야니까 흰 별이 되었다고 했다. 누렁이는 달이고 깨알은 별이야. 하은

도토리묵은 겨울밤에 먹는 게 맛있는 걸 알았다. 겨울밤에 먹고 싶다. 준규

나는 겨울에 먹어 봤다. 4학년 겨울방학에 정암리 할머니가 도토리묵 쑤어서 눈에 파묻었다가 깨에 묻혀서 먹었어. 내가 실제로 겪은 걸 시로 읽으니 좋다. 예진

누렁이가 몸 둘둘 말고 있나 봐. 달처럼. 춥다는 걸 누렁이 둘둘 말고 있는 걸로 표현했어. 성래

장면이 보이게 나타냈다. 어떤 사람이 앉아있는데 기와집에 앉아있고 처마에 고드름 하얗고 누렁이가 둘둘 말고 앉아있고 문풍지로 문 했으니까 바람 불면 소리가 나고. 재성

고드름을 그냥 자란다고 안 하고 하얗게 자란다고, 어두운 밤에 하얀 고드름귀가 자란다고. 이건 그림으로 그리면 좋겠다. 예진

오롱종 매달린 도토리들,
바람에 우루루 떨어진다.

머리가 깨지면 어쩌려고
모자를 벗고서 내려오나.

날마다 우루루 도토리들,
눈을 꼭 감고서 떨어진다.

아기네 동무와 놀고 싶어
무섬도 안 타고 내려온다.

– 권태응, 「도토리들」

삼춘이랑 번지점프 비슷한 거 탔어. 너무 무서워서 눈 감고 있었어. 완전 무서워. 예진

눈 감고 있는데, 겁이 많으면 못 뛰어내리는데. 바람에 우르르 떨어진다고 했잖아. 감꽃도 열매 맺힐 때 우르르 떨어지는 것처럼 도토리도 그렇게 우르르 떨어지나 봐. 준규

감꽃은 떨어지면 썩어서 퇴비가 되어준다. 도토리는 그 자리에 떨어지면 싹이 나고 나무가 나와. 도토리가 사람이다. 아기네 동무와 놀고 싶다. 모자를 벗고서 떨어진다. 예진

도토리 중에 어떤 거는 떨어져서 내려와. 성래

도토리 떨어지는 모습이 떠올라. 떨어지는 소리도. 시가 활기차다. 오롱종, 우루루, 떨어진다, 몸을 저절로 움직여 춤추게 한다. 준규

셋셋넷으로 되어 있어서 외우기 좋다. 하은

노래하기 좋아요. 신나. <small>예진</small>

하은이 예진이가 '고향의 봄' 음에 맞추어 도토리들을 노래했고 곧 전체 아이들이 합창했다. 무릎 박자를 치며 노래했다. 셋셋넷으로 되어있는 「도토리들」은 노래가 된다. 그런데 「도토리묵」은 노래가 안 맞다. 「도토리묵」을 알고 있는 몇몇 노래에 꿰어 맞추어 보다가 그만뒀다. 그래서 「도토리묵」은 그림이 있는 시, 「도토리들」은 노래가 있는 시로 결론을 내고 시 읽기를 마치려는데 예진이가 노래를 찾고 말았다. 「도토리묵」을 〈총 맞은 것처럼〉이라는 유행가에 맞추어 부르더니 너무 슬프다며 다시 〈올래올래〉라는 유행가에 맞추어 불렀다. 노래 사이사이에 "올래올래" 추임새를 넣으며 다 같이 불렀다. 나도 따라했다.

"도토리묵을 올래올래, 숟가락으로 떠먹는 밤이다 올래올래……."
"노래 안 된다면서요?"

안 된다고 결론 낸 걸 기어코 찾아내는 그 심보는 뭔가. 내가 틀렸다는 걸 보여주기 위해 죽어라 부른다. 이래서 시 두 편 다 외우고 말았다.

토요일. 긴 바지 입고 운동화 신고 학교에 왔다. '고향의 봄 도토리'와 '올래올래 도토리' 노래를 부르며 도토리를 주우러 산으로 떠났다. 준비물은 봉지, 도시락. 낫, 작대기. 참나무 숲에 들어가 도토리를 주웠다. 교실에 와서 저마다 주운 걸 모으니 반 바구니 찼다. 다람쥐 식량이라고는 하지만 우리가 밥을 먹으며 고수레한 거랑 밥알 흘려놓은 거랑 과자부스러기랑 있으니 요 정도 가져온 건 봐줄 거라 믿는다. 굴참나무 도토리는 다른 집에서 구해온 게 있어 그걸로 됐는데 갈참을 못 구했다. 갈참 도토리 전문가 성래가 서운해 했다.

월요일에 주워온 도토리로 공기놀이를 했다. 잘 굴러가서 공기돌보다 어렵다고 한다. 하지만 손에 잡는 느낌은 더 좋다고 한다. 도토리 공기 왕으로 예진이가 뽑혔다. 아름이는 아침에 도토리묵 먹었다고, 도토리묵 시를 읽고 먹으니 더 맛있다고 했다. 도토리에 얼굴 그리기, 도토리 키 재기, 도토리 팽이 돌리기를 했다. 처음에 해보기로 했던 거는 대충 해보았는데 도토리로 염색하기와 음식 해 먹기는 못했다. 나는 고개를 갸웃거리는데 아이들은 할 수 있다고 우긴다. 바싹 말려서 물에 불린 뒤 과학실에 있는 막자와 막자사발로 곱게 으깨어 묵을 쑤어 먹자고 하는데, 나는 자신이 없다. 어쨌든 지금 창가에서 도토리가 마르고 있다. 🐛

새

매가 떠 있다. 점심시간에 공놀이 하고 있는 우리 머리 위에 떠 있다. 파란 하늘을 도는 매를 보며 아, 멋있다, 와와 해보지만 그 이상의 할 말은 없다. 내 머리 위에서는 아무리 떠 있어봤자 보람이 없을 것 같다. 바쁜 우리 아이들 머리 위도 마찬가지.

교실에 들어가기 전에 내 발치에 뒹구는 나뭇잎을 주워들었다. 가운데 잎맥을 중심으로 양 옆에 눈동자처럼 까만 점이 박혔다.

"호기심 나뭇잎!"

아이들도 나뭇잎 한 장씩 주워서 이름을 붙였다.

"부끄러운 나뭇잎."
"똘똘이 나뭇잎."
"힘든 일 한 나뭇잎."
"심심한 나뭇잎."

교실에 들어가서 매 이야기를 꺼냈다.

"매 봤어?"

봤다고 한다.

"그 매는 누구 머리 위에서 날 때 기쁠까?"
"……."
"이름은 뭘까? 나랑 어떤 관계일까?"
"……."

시인들은 새를 어떻게 보았는지 찾아보았다. 장준규가 고른 시를 먼저 읽었다.

참새는
혼자서 놀지 않는다
모여서
논다

전깃줄에도
여럿이
날아가 앉고
풀숲으로도
떼를 지어
몰려간다

누가 쫓아도
참새는
혼자서 피하지 않는다

친구들하고
같이 날아간다

– 안도현 「참새들」

준규가 이 시를 고른 까닭을 말했다.

"내가 강아지가 달려들 때 나 혼자 튀고 혜경이도 도망치고 있었
는데 혜경이 놔두고 갔어. 혜경이가 "오빠 미워!" 했어요. 강아지가
동생 깨물라고 달려들었어요. 참새는 배신하지 않아. 참새는 배신하
지 않는다."

예진이 말로 준규는 안도현 시를 꿰고 있다고 한다.

"준규야, 안도현 시가 왜 좋아?"
"시가 톡 튀어요."

좋아하는 시인이 따로 생겼다는 게 신기하다. 성래는 김자연 시
가 좋다고 김자연 시집 『감기 걸린 하늘』을 끼고 산다. 예진이는 김

용택 시가 좋다 하고 재성이는 김룡 시가 좋다 한다.
재성이랑 예진이는 「참새들」에 대한 의견이 엇갈렸다.

"난 참새가 혼자 다니는 거 봤는데 이 아저씨는 모여 다니는 거만 봤어. 보았을 수도 있지만 그거만 썼어."

재성이가 시에 대해 불만스럽게 말했고 예진이는 이 시가 우루루 몰려다니는 참새의 성질을 잘 나타냈다며

"나무작대기를 홍시에 던지면 감이 후두둑 떨어지는 것처럼 감도 떨어질 건 떨어지고 안 떨어질 건 안 떨어지는데, 안도현은 나무에 달려있는 것보다는 같이 후두두 떨어지는 것에 마음이 갔어."
"한쪽만 보고 쓰는 거는 왜곡이다."

그게 왜곡이 아니고 선택이란 걸 뻔히 알고 있으면서 어깃장을 놓는다. 아름이는 예진이 편을 들어 말한다.

"바닷속에 작은 고기도 흩어지지 않고 같이 다닌다. 먹혀도 붙어다니고 큰 고기 만나면 같이 싸우고. 이 시로 그걸 말한다."

정유경의 시 「새」와 박목월의 시 「참새의 얼굴」을 읽었다.

새는 길을
외워 두지 않아요.

새는 언제나
새로운 마음으로 하늘을 날고

그래서 새가 가는 길은
늘 새 길.

— 정유경, 「새」

얘기가 하고 싶은
얼굴을 하고
참새가 한 마리
기웃거린다.

참새의 얼굴을
자세히 보라.
모두들
얘기가 하고 싶은
얼굴이다.

아무래도 참새는

할 얘기가 있나 보다.
모두 쓸쓸하게 고개를 꼬고서
얘기가 하고 싶은
얼굴들이다.

— 박목월, 「참새의 얼굴」

시인들이 본 새는 '배신하지 않는 새, 정해진 길을 거부하는 새, 이야기가 하고 싶어 못 견디는 새'로 의견을 모았고 새의 이름은 '의리새, 새길새, 말새'로 정했다. '아이클레이'라는 색깔 찰흙으로 의리새, 새길새, 말새를 만들었다. 의리 있어 보이게 만드는 방법을 말했다.

"의리새는 아랫입술이 없어야 돼. 그래야 굳건해 보여."
"의리새는 양아치처럼 생겨야 돼."
"아니야, 그런 사람들이 더 의리가 없어. 의리가 있어 보일라면 잘 웃어야 돼."

새길새는 눈이 크고 말똥말똥하게 만들면 안 된다, 그러면 정해진 길로만 간다, 예진이처럼 눈이 부리부리해야 자신감이 있어서 새로운 길로 간다고 재성이가 말했고, 말새는 고개를 삐긋 꼬고 눈 크게 반짝반짝, 눈이 맑게 만들어야 한다고 예진이랑 아름이가 말했다.

색깔 찰흙을 손으로 꼼지락거려 새를 만드는 동안 속으로 이야기를 키워 보자고 했다.

"흙 조각에 생명을 넣자. 자기가 만든 새를 이야기 속에서 살아있게 해보자."

아이들이 만든 새는 아래에 있다.

만든 새를 손바닥 위에 올려놓고 '사건 배경 인물'을 넣어 자기가 만든 새에 대한 이야기를 꾸며냈다.

아침, 마당에 감나무 잎이 다 떨어지고 빨간 홍시만 남았다. 부엌에서는 엄마의 칼 도마질 소리가 들린다. 전깃줄에 앉아있던 말새가 마당으로 내려와 앉았다. 눈을 동그랗게 뜨고 고개 꼬고 입을 크게 벌리고 있다……. 예진

포수가 총을 쏘자 의리새가 위험하다고 소리치며 포수한테 달려든다. 총알이 날개에 맞았다. 가희

새길새가 친구들이랑 백두산으로 구경 가다가 백두산 옹달샘에 내려앉아 이야기한다. 한결

새길새가 동굴속에 들어갔다. 거기에는 둥그렇고 누런 금덩이가 있는데 거기에 몸을 비추면 다친 곳이 낫는다. 연철

…… 얘기가 하고 싶은 새는 서서히 잠이 듭니다. 평화롭게 얘기하고 싶은 얼굴을 하고 잡니다. 아이와 아빠는 조용히 자기가 낮에 본 새를 생각하며 잠이 듭니다. 별빛을 억새풀 사이를 비춰줍니다. 준규

지어낸 이야기를 모으고 고치고 이어서 하나의 이야기로 만들었다. 만든 이야기로 즉흥 춤과 연극을 하며 놀았다.

새를 관찰한 뒤 시인의 눈으로 본 새가 아닌, 자기의 눈으로 본 새를 시로 써보았다. 🐦

까마귀
안재성

전봇대에 까마귀
여덟 마리
2마리씩 난다
까마귀도친구좋아
같이다니는데
우린 친구끼리
배신 한다
먹을땐 개도안껴 드린 다는데
떡볶이를
내가먹으려던걸힘쎄게먹는다
까마귀 보다못한우정

얼음 나무잎

연꽃에 열음 열었다
나무잎이 들어가 꽁당꽁당얼어서
북한 군인같다
자세가 흐트러지지 않고 꼿꼿하다
얼음 나무잎은
바람이 된많스러울거야

새

탱자나무에 새 한 마리
주인 몰래 탱자 하나 쪼아먹고
주인이 오니
자개가 잘못한줄 아는지
전깃줄에 올라가
고개를 돌려 주위를 살피고
다른 전깃줄로 날아간다.   하은

나뭇잎 새.

날카로운 바람이
내목을 감는다.
마른 나뭇잎 와글와글 떠들며
내뒤를 따라온다.
내 앞을 와글와글 앞장서간다
내가 꼭 오리엄마 같다.

나사 돌리기

　오늘은 공개 수업하는 날. 어차피 교실 문 여는 것 부모들이 와서 아이가 발표 잘하고 공부 잘하는 걸 보고 가면 기쁠 것 같다. 1학기 수업 공개 때는 전자칠판과 컴퓨터로 수업을 하라는 지시가 있었다. 수업보다는 학교 시설 잘 해놨다는 걸 보여주는 게 목적이었기 때문인데, 나같이 새로운 문명에 서투른 인간한테는 최신 시설이고 뭐고 돼지 목에 진주목걸이다. 그날 교실에 학부모와 장학사와 다른 학교 선생들이 왔을 때 아이들 입은 쩍 붙어버렸다. 평소에는 떠들고 잘 까불던 아이들이 얌전한 고양이처럼 얌전하게 앉아서 눈만 멀뚱멀뚱, 덕분에 나 혼자 전자칠판 화면을 이거 눌러보고 저거 눌러보고 끙끙 분통이 터졌다.

　오냐, 이번에는 아예 입을 다물고 싶어도 다물 수 없는 수업을 하고 말리라. 교과서 단원은 '셋째마당, 경험과 상상', 주제는 '시를 감상하는 방법을 알고, 실제로 감상하기'로 잡았다. 일부러 정한 게 아니라 진도가 딱 거기까지 왔다. 교실 책상을 'ㅁ' 자로 놓고 어른과 아이가 같이 섞여 앉아서 공부하는 걸로, 발표하고 활동하는 것도 똑같이 하는 걸로 계획을 세웠다. 아이들한테도 집에 가서 그렇게 말씀드리라 전했다. 학부모 다섯 분은 시간을 낼 수 있다고, 온다고 해서 그런 줄 알고 있었다.

이제 시작 시간이 되어 마주 보고 둘러앉을 수 있도록 책상을 붙이고 걸상을 몇 개 더 갖다 놓고 기다렸다. 하지만 온다던 어른들은 거의 안 왔다. 병원에 갈 일이 있고 다른 일 생기고 옆 반 둘러본다고 가고, 이러저러해서 어머니 한 분만 와서 앉았다. 교장과 장학사는 아이들과 같이 안 앉고 교실 뒤에서 서성거렸다.

수업 시작. 활동 1. 〈목표는 하나, 가는 길은 여럿〉

신문지를 둘둘 말아 바닥에 놓았다. 무슨 영화 음악 같은 걸 틀어놓았다.

"무엇일까요?"

아이들이 차례로 나와서 신문지 막대기를 들고는 물고기도 낚고 줄다리기도 하고 마귀할멈이 되어 빗자루를 타고 뛰기도 하고 놀부 박타기도 하며 놀았다. 아이들은 모두 앞에 나와서 두어 번씩 놀았는데 어머니 한 분만 자리를 지키고 앉아 구경했다. 앞에 나와 해보시라 할까 망설이다 그만뒀다. 신문지 막대기를 지시봉 삼아 칠판에 학습 주제를 가리키며

"이 막대기와 오늘 공부 주제와는 무슨 상관일까?"

뻔한 질문과 당연히 예상할 수 있는 답변. 준규가 손을 들었다.

"막대기로 맘대로 상상할 수 있으니까요, 시도 맘대로 상상하며

감상하자는 거 같아요."

"그래. 요번 시간에는 시를 읽을 텐데, 시인이 무슨 생각으로 썼든 상관없이 우리 맘대로 감상하자는 거야. 시는 재료일 뿐. 파, 감자, 양파, 고추장. 이것을 가지고 음식을 하는 것은 여러분 몫. 난 무엇이 될지 몰라."

종이와 색연필을 주었다.

"ㄱ, ㄴ, ㄷ, ㄹ …… ㅎ, 자음으로 뱀을 그려봅시다. 도저히 안 될 것 같은 자음으로 그려낼수록 더욱 재미있는 모양이 나올 거야."

아이들과 어머니 한 분이 자음으로 뱀을 그렸다. 모양은 아래와 같다.

"뱀 그리기는 시 읽기와 무슨 관계가 있을까요?"

"시를 읽는 방법 중의 하나요."

"상상력으로 시를 읽자."

"목적을 가지고 읽자."

아무 말이라도 해주니 고맙다. ㄱ, ㄴ, ㄷ, 무엇으로 그리든 결국 뱀이 되는 것처럼 시 감상 방법에는 정해진 답이 없다는 대답이 나온 걸로 치고 넘어가자. 허공에 나사 하나를 그렸다.

"나사야. 믿어 줘……. 어떻게 돌릴까요?"

한 사람씩 앞으로 나와서 몸짓으로 돌린다. 성래는 입을 벌려 이빨로 나사를 깨무는 시늉을 하고는 목을 돌렸다. 하은이는 드라이버로 돌렸다. 예진이는 벽을 돌렸다. 아름이는 손으로 나사를 뽑아 버렸다. 준규는 두 손을 내밀어 초능력으로 돌렸다. 이밖에도 개를 들어 나사를 물게 한 뒤 그 개를 돌리기, 눈까풀로 꼭 집어 돌리기, 돌아가라고 명령하기 같은 의견이 나왔다. 발표 잘하고 있는 중.

이번에는 '시란 무엇인가' 아무렇게나 써보기. 연극할 때 흔히 쓰는 방법이다. 전지에 '가나다라마바사아자차……' 쓰고 한 사람씩 나와서 시가 무엇인지 쓰기. 생각하지 말고 무조건 빨리 적기 시합을 했다.

먼저 펜을 놓은 모둠의 〈시란 무엇인가〉

가 – 가지처럼 온순한

나 – 나비처럼 활발한

다 – 다 같이 놀 수 있다

라 – 라디오처럼 소식을 알려주는

마 – 마중 나오는 할머니처럼

바 – 바구니처럼 머리에 넣을 수 있는

사 – 사자 털처럼 폭신한

아 – 아기처럼 촉감이 있는

자 – 자고픈

차 – 차를 마시는 따뜻함

카 – 카메라처럼 추억을 남기는

타 – 타조를 타는 것 같은 스릴

파 – 파도처럼 시원한 느낌인 것 같은

하 – 하모니카처럼 여러 가지 소리

나중에 펜을 놓은 모둠의 〈시란 무엇인가〉

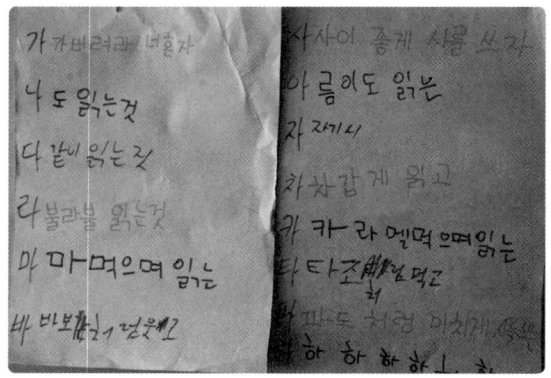

가 - 가버려라 너 혼자

나 - 나도 읽는 것

다 - 다 같이 읽는 것

라 - 라불라불 읽는 것

마 - 마 먹으며 읽는

바 - 바보처럼 웃고

사 - 사이 좋게 시를 쓰자

아 - 아름이도 읽은

자 - 자기니

차 - 차갑게 읽고

카 - 카라멜 먹으며 읽는

타 - 타조처럼 먹고

파 - 파도처럼 미치게 시를 쓰는

하 - 하하하하하하하하

여기까지는 노닥거리는 걸로 시간을 보냈다. 겉으로 드러난 주제는 '시 감상 방법 알기'지만 속에 숨긴 주제는 '우리가 발표 잘한다는 것 으스대기'이기 때문에 이만하면 만족한다.

시는 어떻게 읽을까, 읽고 나서 어떤 이야기를 나눌까, 시를 읽고 어떤 활동을 하면 좋을까, 이런 것을 뱀과 나사에 빗대어 묻고 대답했다. 이제 오늘 읽으려던 교과서 시 「모서리」를 읽을 차례. 배역 나누어 읽고, 카펫 자리에 누워서 읽고, 서로 속삭이듯 읽고, 되는대로 이야기를 나누었다.

"아얏!
아휴, 아파."
책상 모서릴 흘겨보았다.
"내 잘못 아냐."
모서리도 눈을 흘긴다.

쏘아보는 그 눈빛이
나를 돌아보게 한다.

어쩜 내게도
저런 모서리가 있을지 몰라.
누군가 부딪혀 아파했겠지
원망스런 눈초리에
"네가 조심해야지."

시치미뗐을 거야.

모서리처럼
나도 그렇게 지나쳤겠지.

부딪힌 무릎보다
마음 한쪽이
더 아파 온다.

– 이혜영, 「모서리」

이 정도면 주제가 살 속에 잘 숨어있는 시로 보인다. 작년에 만났
던 아이들도 이 시가 좋다고 한 것 같다. 시를 읽고 나서 '나에게 있
는 모서리, 마음에 남은 상처, 시적 상황 재구성, 해설극' 이 정도로
해봐야지 생각했다. 그러나 아이들 말은 달랐다.

모서리에 부딪힌 그 순간에 이렇게 많은 생각을 할 수 있다는 게
신기해요. 그리고 기분 나빠요. 시는 원래 재밌어야 하는데 얘는 기
분 나빠요. 공부를 가르쳐요. 남 생각해라, 너만 생각하지 마라, 이
런 건 잔소리예요. 예진
　그저 그래요. 내 스타일 아니에요. 나도 이런 경험은 있지만 나랑
은 안 맞아요. 성래
　억지 시. 책상에 부딪히면 이렇게 아파도 괜히 네가 다른 사람 생

각하라고 하기 위해서 괜히 부딪힌 것 같아요. 책상은 바보들 아닌가. 책상은 가만히 있는데 자기 맘대로 어떻게 하려고 하고. 이건 소금 덩어리예요. _{재성}

네가 좋다고 한 「생강나무」도 어떻게 살라고 가르치는 시 아닌가? _{동철}

그건 착하게 살라고 하는 시 아니에요. _{재성}

시인은 독재자 같아요. 자기 맘대로 가르치려는 사람. _{준규}

원래는 시가 좋다고 해줘야 하는 건데, 안 봐준다. 그래서 「모서리」 읽기는 여기서 끝이다. 어머니 한 분만 이 시가 너무 좋다고, 많은 걸 생각하게 한다고 하시는데, 어머니가 좋아한다고 이 시를 계속 밀고 나가기는 어렵다. 더 가면 내가 아이들을 설득하는 모양이 되어버린다. 사랑하지 않는 사람과 밥 먹고 이야기 나누고 산책하는 것이 괴로운 일이듯, 마음에 없다는 시와 무엇을 해보려 하면 아이들은 '어디 들어줄 테니 말해 보시라' 하고 만다. 아이들이 시에서 문제로 삼은 것은 '말씀'이다. 조회시간마다 도덕시간마다 듣고 읽는 훈화를 시 읽기 시간에 또 만나기가 싫은 것이다.

시가 별로라고 한 또 다른 원인으로는 이번 시간의 중심을 '시 읽기'가 아니라, '발표 잘하기'로 잡았기 때문일 것 같다. 중심을 시 읽기로 잡았다면 시작부터 달랐을 것이다. 시 읽기 전에 비슷한 경험이나 누군가의 아픈 이야기부터 시작했다면, 또는 내가 한 아이의 발에 걸려 넘어지고는 그 아이한테 큰 소리로 투덜거리거나, 책상 사이를 빠져나가다가 모서리에 부딪혀 나뒹굴고는 그 모서리를 걷어차는 쇼를 보여줬다면 이 시에 대한 아이들 반응이 달랐을 것이다.

「모서리」가 시시한 원인으로 무엇보다 분명하고 자신 있게 말할 수 있는 것은 '시가 교과서에 실렸기 때문'이라는 것이다. 아이들은 교과서에 실린 시를 '이건 또 뭐야' 하며 삐딱하게 보는 경향이 있다. 똑같은 말도 양복 입고 넥타이 매고 높은 단상에 올라가서 하면 뻔한 말로 여기는 것처럼, 교과서 시는 오징어 다리 씹히듯 투덜투덜 씹힐 각오를 해야 하는 것이다.

이래서 「모서리」와 같은 주제이지만 덜 거슬리는 시 찾아 읽기'로 계획을 바꾸었다. 아이들이 교실 책꽂이에서 시집을 꺼내 「모서리」와 비슷한 주제의 시를 찾아 읽고 시간을 마쳤다. 교과서에 안 실렸기 때문에 선택받은 시들이다.

정예진이 읽은 시, 「바구미」

쌀 함지 열었더니
바구미가 바글바글하다
마당 그늘에다 쌀 널어놓고
바구미 골라내며 생각해 보니
이것들이 사람 참
못됐다고 할 것 같다

쌀 한 톨 감자 한 알
푸성귀 잎까지

벌레도 새도 고라니도
못 먹게 하면서
저만 먹는다 하겠다
사람이 제일 못됐다 그러겠다

– 도종환, 「바구미」

　장준규가 남 생각 안 하라는 건 아니지만 자기 생각도 중요하다고, 읽는 사람을 즐겁게 해준다며 찾아낸 시, 「야옹, 하고 소리를 내봐」

야옹, 하고 소리를 내봐
두 눈이 똥그랗게 변할 거야
엉덩이에는 길쭉한 꼬리가 달리고
코밑에 바늘 같은 수염도 송송 돋지

야옹, 하고 소리를 내봐
순식간에 담장을 뛰어오를 거야
사다리 없이 달밤에 지붕 훌쩍 타고 올라
동무 만나러 가면 흥흥 신이 절로 나지

야옹, 하고 소리를 내봐

아무것도 두려운 게 없을 거야
눈앞에 쥐가 나타나도 놀랄 거 없어
오히려 쥐가 바들바들 떨게 될걸

야옹, 하고 소리를 내봐
불빛이 새어 나오는 방에서 놀던 아기가
야옹, 하고 고양이 흉내를 낼 거야

– 안도현 「야옹, 하고 소리를 내봐」

안재성이 잔소리가 없다며 찾아 읽은 시, 「할아버지 요강」

아침마다
할아버지 요강은 내 차지다.

오줌을 쏟다 손에 묻으면
더럽다는 생각이 왈칵 든다.
내 오줌이라면
옷에 쓱 닦고서 떡도 집어 먹는데

어머니가 비우기 귀찮아 하는
할아버지 요강을

아침마다 두엄 더미에
내가 비운다.
붉어진 오줌 쏟으며
침 한 번 퉤 뱉는다.

– 임길택, 「할아버지 요강」

자 유 로 운 눈 으 로

달밤

　구르던 나뭇잎이 뒤뜰 구석 자리에 모여들어 쉬고 있다. 성래가 낙엽 더미 위에 펄썩 뛰어들어 누웠다. 집보다 편안하다고 한다. 나는 푸른빛이 도는 잎을 주워 들고 교실로 들어왔다.
　쿵쿵 냄새 맡으며 아이들한테 말을 걸었다.

“아, 향긋한 냄새. 무슨 잎일까?”
“감나무 잎이요.”
“깻잎.”

바닥에 떨어진 머리카락의 주인을 찾는 게 쉽겠다. 힌트를 준다.

“이거 누에가 먹는데. 까만 오디가 열리는데.”
“뽕나무?”
“앞에 ‘산’자를 붙이면?”
“산뽕나무.”

맞다, 산뽕나무. 산뽕나무가 나오는 시를 읊었다.

산비

산뽕닢에 빗방울이 친다
멧비들기가 난다
나무등걸에서 자벌기가 고개를 들었다 멧비들기 켠을 본다

"임길택 시다."

예진이가 아는 척했다. 임길택은 나무랑 산 이야기를 자주 쓰니까 이 시도 임길택이 쓴 시일 거라고 한다. 내가 고개를 갸웃하니까 이번에는 재성이가 권정생 시일 거라고 한다. 권정생은 비유가 없어도 시가 실감난다나.

"산골집은 대들보도 기둥도 문살도 자작나무다 밤이면 캥캥……."

아이들도 잘 아는 노래 〈자작나무〉를 나 혼자 부르다가 시인 이름을 말했다.

"백석."

예진이가 또다시 아는 척을 한다.

"아하, 백석 알아요. 「내 이름은 백석」에 나와요."

　이래서 유은실 동화로 빠져버렸다. 내가 왜 나뭇잎을 내밀고 말을 꺼냈던가, 잊을 뻔했다. 나뭇잎의 일생을 시로 읽어보자 했지. 시집을 뒤져 찾은 시는 이오덕의 「낙엽」, 이원수의 「새 눈」과 「달밤」, 권영상의 「잎사귀들은 착하지」, 곽해룡의 「가을 나무」, 안도현의 「나무 잎사귀 뒤쪽 마을」, 박명호 어린이의 「벚나무잎」이다. 이른 봄 새 눈에서부터 여름에 푸른 잎사귀, 가을에 물든 나뭇잎, 늦가을 낙엽 뒹구는 차례대로 시를 읽었다. 나무에 붙어있는 잎보다는 떨어진 잎을 노래한 시가 많았다. 멀쩡한 것보다는 떨어지고 찢어지고 못난 것에 정이 가는 것이다.
　아이들이 가장 좋다고 한 시는 「달밤」이다. 그 다음은 「가을 나무」다. 둘 다 들어놓는다.

나무가
하나 둘
잎을 떨어뜨린다

봄여름 동안 짠 그늘
한 올 한 올 풀어내고 있다

가지를 한 뼘 키우면
한 뼘 자라는 그늘

잎 하나 달면
그만큼 촘촘해지는 그늘

내년엔
더 넓게
더 촘촘하게 짜겠다고

잘못 뜬 뜨개옷 풀어내듯
하나 둘
나무가
잎을 떨어뜨린다

– 곽해룡, 「가을 나무」

달밤에 살랑살랑 바람을 타고
노랑 치마 은행잎이 떨어집니다.

높은 가지, 달도 차고 바람도 차고
풀밭에선 귀뚜라미 자꾸 부르고,

나무 밑 초가집엔 아기 숨소리.
언덕빼기 저편 집엔 다듬이 소리.
어떡허나 망설이다 달빛을 타고

노랑 치마 은행잎이 떨어집니다.

― 이원수, 「달밤」

"마음이 설렌다. 마음이 한 군데가 두근두근두근 해. 「가을나무」
는 그냥 카스테란데, 「달밤」은 우유를 적신 카스테라야."

「달밤」을 우유에 적신 카스테라에 비유하고 있는 예진이는 시를
얘기하고 있는 그 표정까지 녹는 듯하다. 맛을 잘 보는 미식가 같다.
예진이가 음식 평가를 한다면 "고추장 반 숟가락 더 넣어. 멸치 세
마리 덜 넣어야 되는데. 이건 질소 비료를 줘서 키운 양배추를 재료
로 썼네." 이런 식으로 말할 것 같다.

"「가을나무」가 애들 장난감이라면 「달밤」은 어른들 장비예요."

장비 이야기를 하고 있는 재성이는 아버지가 중장비 포클레인을
몬다. 시의 분위기와 경험에 대해 주고받다가 이미지로 넘어갔다.

"「가을 나무」도 그림이 나타나기는 하지만 「달밤」만큼 선명하지
는 않아."
"실타래가 있으면 「가을 나무」는 그게 풀리고 엉클어진 느낌이
있는데 「달밤」은 그게 정돈 돼 있어서 고양이가 만지는 동그란 실
타래 같아요."

"「가을나무」는 컬러, 「달밤」은 흑백. 시들이 색깔이 있으면 자기 생각을 쓰는데 이런 시는 본 것 들은 것과 마음을 같이 써요."

재성이가 컬러 시는 생각을 쓰고, 흑백 시는 본 것과 들은 것과 마음을 같이 쓴다고 했는데 그게 무슨 뜻인지 나는 모르겠다. 대충 아는 척하고 넘어간다. 예진이는 아는가 보다.

"재성이가 이 시는 흑백이라고, 색깔이 적다고 했잖아요. 시는 즐 거운 것도 있고 슬픈 것도 있고 마음이 편안해지는 것도 있는데 이 건 마음이 편안해지는 시라서 색깔을 너무 많이 진하게 집어넣어 읽으면 안 어울려요."

떠오르는 장면을 종이에 그려보았다.

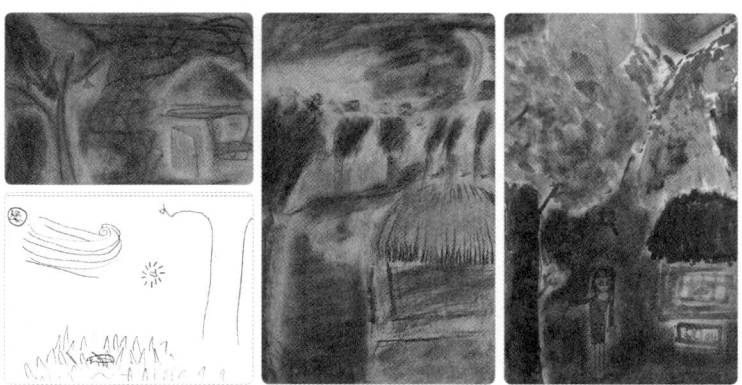

아름다운 밤 풍경이다. 아이들은 겪어보지 못한 밤이지만 꿈꿀 수 있다. 이 땅에 이원수가 있었다는 것은 축복이다. 아름다운 사람들이 떠난 자리는 다 그렇다.

"이 시로 무엇을 하면 좋을까. 뒷산 가서 낙엽 속에 파묻히면 어떨까?"

"은행잎 날려보고 싶어요."

"명상."

"그림자 연극해요."

"그림자 연극이 재밌겠다. 어두운 색 배경으로 거리에 노란빛 비추고. 아이 예뻐라."

"어두운 밤이랑 노란색이랑 조합이 잘 맞겠어요."

그림자 연극을 하려면 이야기가 있어야 하고 등장인물이 있어야 한다. 달밤을 배경으로 어떤 이야기가 있으면 좋을까, 「달밤」은 나와 무슨 관계가 있는가, 어째서 「달밤」이 내 마음을 달래주는가, 인물과 사건을 넣어 간단하게 겪은 이야기를 적었다.

달밤에 우리 엄마가 속이 더부룩해서 나는 콜라 사러 갔다. 자전거를 타고 가는데 달이 뜨고 벌레 소리가 났다. 성래

뒷마당에 있는 큰 나무 옆에 서서 보름달 보고 있다. 바람 불고 빨간 나뭇잎 몇 개 굴러다닌다. 하얀 흰둥이가 다가와서 내 발목을 핥는다. 재성

수학 50점 맞고 슬픈 마음에 책상에 앉아서 책을 읽고 있다. 예진

동생이 자고 있고 엄마와 언니는 시장에 가서 아직 안 왔다. 나는 방에서 창문으로 밖을 바라보며 엄마를 기다린다. 하은

집에는 아무도 없고 집에 혼자 마당에 앉아 울고 있을 때 나한테 와서 따뜻하고 포근하게 안아주는 엄마. _{아름}

하루 뒤에 투명지에 색칠해서 배경을 그리고, 종이 오리고 붙이고 코팅해서 그림자 인형을 만들었고, 과학실에 가서 커튼 어둡게 치고 조명 비춰서 그림자극 놀이를 했다. 달빛 비추고 은행잎 떨어지고 귀뚜라미 울고 아기 숨소리 들리는 정겨운 밤의 세계가 잠깐 눈앞에 아른거리다가 사라졌다. 🌙

솔방울

창밖에 눈가루 날린다. 내일은 졸업식. 눈에 힘주고 다니던 6학년은 중학생이 되고, 우리 반 아이들은 6학년이 된다. 아이들한테 A4 흰 종이 한 장씩 내준 뒤 종이를 뚫어지게 들여다봤다. 이걸로 뭐 해요, 뭐야, 하던 아이들이 더 떠들면 몸이 안 편해지겠다는 눈치를 채고는 하나 둘 숙이고 앉아 종이를 본다. 빈 종이를 이만큼 오래 들여다보는 건 처음 해보는 일이다.

"무슨 무늬가 보여요."
"손 벨 것 같아요."

나는 정성껏 종이를 구겼다. 폈다가 다시 구겼다가 폈다를 되풀이 했다. 아이들도 따라 한다. 탁구공만큼 작게 뭉쳐진 종이를 책상에 놓고 쫙쫙 폈다. 높고 낮고, 산과 골짜기와 길 같은 주름이 생겼다.

"내가 뭐라고 할 것 같아?"

아이들을 떠보았다.

"……."

"이제 헤어지니까 마음이 종이처럼 구겨졌다고 할 것 같아요."

"6학년 되면 더 부드러워지라고요?"

원래보다 줄어들고 부드러워지고 온갖 자국과 길과 높낮이가 생긴 걸 보면 오늘 마지막 시 읽기와 관련해서 뭔가 그럴듯한 게 얻어걸릴 것 같은데, 막상 앞에 놓고 입을 떼어보려 하니 막막하다. 의미라는 건 만들어가는 것이다, 기억의 원리, 헤매며 찾아가는 것만 길이고 답이다, 뭐 이따위 말을 혼자서 떠들어보다가 솔직히 나도 알 수 없는 말이라 그만뒀다.

서둘러 다음으로 넘어간다.

"도전 골든벨! 시 쓴 사람 맞히기."

짝짝짝짝, 혼자서 손뼉. 그러곤 교실 책꽂이에 있던 시집들을 교탁 뒤로 옮겨 감췄다. 50권쯤 된다. 나는 책 무더기를 뒤적뒤적해서 아무 시집이나 골라 펼쳐 읽었다.

잡히는 대로 읽은 시, 1번.

파리

비 오는데

혼자 우산 쓰고 집에 가는데

비를 피해 우산 안으로 날아 들어온

파리 한 마리,

그때부터 파리가 왱왱

앞장서 집을 가네

"누가 썼을까? 하나 둘 셋!"

아이들이 자기 칠판에 답을 써서 들었다.

"곽해룡이 썼어요. 어린애 같지 않고 동물도 많이 나오고."
"도종환인가? 파리, 곤충 이런 게 나오고, 시 쓰는 법이 도종환이
랑 비슷한데."
"안학수? 그 시집에도 곤충 이야기 많은데."
"안학수는 곤충이 아니라 바다 동물이지."
"아 기억난다. 책 표지가 기억난다. 『오리 발에 불났다』."

예진이와 하은이가 맞혔다. 유강희 시다.
2번 문제.

아버지 일옷

기름 때 눌어 붙어서
손빨래해야만 하는 아버지 일옷은
아무리 치대고 밟아도
때가 잘 빠지지 않는다.

"여보, 깨끗하게 빨 필요 없어요.
한두 시간만 일하면 또 기름 묻을 텐데."

아버지 말씀 듣고도 못 들은 척
어머니는 치대고
나는 밟고
헹구고 또 헹군다.

"정답, 하나 둘 셋!"

다섯 가운데 네 아이가 '임길택'이라고 쓴 칠판을 들고 흔들었다.

"왜 임길택이야?"

까닭을 물으니 아이들이 자신 있는 목소리로 대답했다.

"일하고 이런 시는 임길택인데요."

"임길택 시에는 아버지 얘기가 많이 나와요. 『탄광마을 아이들』 보면."

일하는 것, 아버지 얘기하는 건 서정홍 시라고, 이번에도 예진이가 맞혔다. 이거, 다른 아이들이랑 균형이 안 맞네. 예진이는 어른 책 아이 책 가릴 것 없이 읽어대고 있으니 이런 문제에는 도가 텄나 보다. 예진이의 촐싹거리는 몸짓. 그리고 임길택이 아니라서 실망하는 네 아이의 가슴 꺼지는 소리, 후우우우.

다음, 「너를 부른다」를 읽었다.

"정답, 하나 둘 셋!"

"이원수예요. 과장되지 않고 잔잔해요."

"딱딱 노래처럼 돼요."

한 아이 빼고 다 맞혔다.

정유경 시도 읽고 이안 시도 읽고, 이런저런 동시를 더 읽다가 문제 내는 사람을 바꾸었다. 준규가 나와서 읽고 내가 아이들 자리에 앉아서 맞히기를 같이 했다. 나는 최선을 다해 찍었지만 거의 못 맞혔다. 아이들은 3분의 1쯤 맞혔다.

시인 맞히기 놀이에서 1등 한 아이한테 상으로 막걸리와 문집과 책 중에서 한 가지를 고르라 했다. 책을 갖겠다고 해서 《동시마중》 잡지를 한 권 줬다. 못 받아서 실망하는 아이들한테는 실망할 시간을 잠깐 준 다음에, 공평하게 한 권씩 줬다.

이번에는 인기투표. 맘에 드는 시인 이름을 세 명 적어보라 했다. 김륭도 좋고 김자연도 좋고 김용택도 좋고 누구도 좋다고 적었는데, 공통으로 들어가는 이름이 있으니, 두구두구두구……

"이원수!"

그럴 줄 알고 있었다. 내 손바닥도 넓다. 이쯤에서 미리 골라둔 이원수 시 한 편을 꺼냈다.

소나무는 자라서 어른이 돼도
솔방울을 갖고 노네, 아기 장난감.

바람이 불어올 때 흔들어 보고
아이들이 놀러 올 때 떨구어 보고.

소나무는 늙어서 점잖아져도
솔방울을 갖고 노네, 아기 장난감.

솔방울을 주우면 높은 가지가
우후후후 혼자서 웃고 있었네.

— 이원수, 「솔방울」

"솔방울 술이나 담가볼까요?"

아이가 웃으며 장난으로 한 말이지만, 이런 반응도 중요하다. 시의 정신과 닿아 있고 안 닿아 있고를 떠나서, 우선 구겨놓고 보는 것이다. 첫발은 가볍게, 장난으로, 재미로.

"상상하기 싫어도 상상이 되는데. 아무 생각 없이 앉아 있어도 장면이 떠올라요."

재성이가 자기네 집 앞은 싹 다 소나무라고, 작년에도 365일 소나무를 봤다고 했다. 이원수는 어떤 걸 보고 특징을 살려 시를 쓰기 때문에 그대로 장면이 떠오른다고도 했다.

"이원수 시는 리듬이 비슷비슷해요. 「달밤」도 같아요."

준규는 글자 수를 손가락으로 세었나 보다.

"솔방울이 아기 장난감이라 했어. 다른 사람은 아기 장난감은 아기 때만 갖고 노는데, 늙으면 외롭고 귀찮은데, 늙어서도 동심 잃지 않고 살아가요."

내가 하려던 그 말을 예진이가 했다. 자라나는 어린이 입에서 '외롭다, 귀찮다, 동심' 이런 말이 나오니까 글이란 게 애를 일찍 꼬부라져 늙게 하는 건 아닌지 의심스럽기도 하다.

아름이는 "반복되는 게 노래가 되어서 좋다"고 했고 하은이는
"소나무가 우후후후 웃는다는 것과, 손으로 솔방울을 갖고 논다는
게 재밌다"고 했다.

소리 내어 읽고, 돌아가며 읽고, 몸으로 동작을 만들며 읽었다.

"소나무는"

두 손바닥 세우며 어린 소나무 표현,

"자라서"

팔을 위아래 대각선으로 쫙 펼치고,

"어른이 돼도"

두 손 높이 올리고 고개는 위를 보고,

"솔방울을"

두 손 모아 엄지손가락 붙이고 솔방울 쥔 모양,

"갖고 노네,"

손가락 움직여 꼼지락꼼지락,

"아기 장난감."

두 손 내밀어 솔방울 공 쥐고, 빨간 코 피에로처럼 번갈아 공중으로 던지고 받기.

이렇게 시 읽으며 몸을 움직이다가, 그다음엔 입 밖으로 소리 안 내고 제자리에서 몸만 움직이다가, 그다음엔 발 옮기고 무릎 굽히며 춤을 추었다. 시 한 편 금방 외웠다. 외우다가 막히면 몸동작을 해서 다시 기억해냈다. 시 외우기를 숙제로 낸다면 잔뜩 괴롭기만 하겠지. 시 외우기는 시를 싫어하게 하는 지름길. 그러나 시 외우기는 얼마나 즐거운 놀이인가.

동화는 한 아이의 마음에 깊이 자리 잡는다. 독자의 눈이 이야기 한 편 속에 머무는 시간이 길기 때문이다. 시는? 시는 읽어봤자다. 아무것도 달라질 게 없다. 금방 읽고 넘어간다. 더러는 끄덕이기도 하겠지만, 마음에 스며들 시간이 없다.

아니다. 시는 사람을 바꾼다. 한 편의 시에 오래 머물 수 있다면, 현미밥처럼 꼭꼭 천천히 씹을 수 있다면, 시가 시인의 것이 아니라 지금 이 자리 이 순간의 나한테로 와서 내 것이 될 수 있다면, 시는 한 사람의 길을 찾아주고 한 사람의 길을 바꾼다.

"「솔방울」로 무엇을 하면 좋을까?"

솔깃한 대답은 안 나왔다.

"뒷산에 솔방울 주우러 갈까요?"

"그림 그려요."

"연극해요."

"30년 뒤에 늙어서도 장난치며 살아요."

이렇게 대답한 준규가 30년 뒤면 내 나이보다 한 살 어리다. 나 아직 늙지 않았는데……

"30년까지 갈 게 뭐냐. 당장 지금부터."

「솔방울」쓴 시인이 6학년이라면 어떤 일을 벌일까, 상상하는 대로 행동해보기로 했다. 동생들한테 가서 장난꾸러기가 되어보자. 말을 걸고, 까불게 하고, 기쁘게 해보자. 개한테도 새한테도 나무한테도 먼지한테도 가보자.

아이들은 밖으로 뛰어나갔다.

소리 조각 모으기

학교를 옮겼다. 이곳 바닷가 마을 아이들은 이제껏 만났던 산골 아이들과 다르다. 좀 세다. 3월 2일 첫날부터 파도가 거칠었다. 문을 열고 교실에 들어가니 아이들 말소리가 들린다.

"누구세요?"
"올해는 여자 선생님이 담임이 되면 좋겠다."

내가 여자가 아닌 게 미안했다. 아이들 보기에도 자상하고 친절하고 아이들한테 화 안 내고 또박또박 알기 쉽게 설명하고 정리 잘하고, 이런 인간다운 성품은 남자보다 여자 선생님이 더 가지고 있는 것이다. 내 비록 남자이기는 해도 여자 선생님만큼 친절하고 작은 소리로 조곤조곤 말하고 공부도 천천히 알기 쉽게 가르칠 테다, 이런 다짐을 해보았다. 내가 겉보기보다는 좀 착할지도 모른다는 말을 꺼낸 것도 같다.

"노래 하나 가르쳐 줄게. 공책에 써."
공책을 한 권씩 내주고는 칠판에 이원수 시 「햇볕」을 적었다.

(……)

햇볕은 따스해요, 맑은 햇볕은
온 세상을 골고루 안아 줍니다.
우리도 가슴에 해를 안고서
따뜻한 사랑의 마음이 되어요.

이런 마음으로 일 년을 살자고 해야지, 같이 읽고 노래 불러야지, 마음먹었다. 하지만 뒤로 돌아서서 칠판에 글자를 적기 시작하는 순간, 따뜻한 사랑의 마음은 시커멓게 탔다.

"안 보여요!"
"머리 치워요!"

사실은 '머리' 뒤에 '통' 자가 하나 더 붙었지만, '머리' 대신 '대갈'이란 말도 나왔지만, 못 들은 걸로 친다. 꾹꾹 참아가며 글자를 적기는 적었지만, 아이들 눈길을 무슨 수로 모은단 말인가. 고분고분 칠판 글자 읽어주는 아이 없고, 당연히 노래가 될 리 없다. 나 혼자 좀 불러보다가 말았다.

아이들은 새로 만난 선생보다는 영화와 체육에 지대한 관심이 있어서 영화 봐요 영화 봐요, 체육 해요 체육 해요 졸랐다. 영화 안 보여줄 거라 하니 아, 작년 선생님이 그립다 어쩌고 해서 나는 삐쳤다. 영화는 절대 안 보여주고 그냥 체육을 하다가 집으로 보냈다.

    동화책이든 그림책이든 동시든 뭔가를 읽기 시작하면 금방 이상한 읽기가 되어버렸다. 앞에서 나왔던 이원수의 「햇볕」을 예로 든다면 이런 식이다.

"읽어줄게."

삭막. 전혀 기대하지 않는 눈빛들.

"햇볕은 따스해요, 맑은 햇볕은."

떠든다.

"야, 조용히! 온 세상을 골고루…… 조용히 하라니까!"
"선생님, ○○가 발로 차요."

화를 누르고,

"그만. 똑바로 앉아. 우리도 가슴에 해를 안고서…… 입!"

떠드는 소리, 투닥투닥 서로 건드리는 소리.
내 목소리가 점점 커지다가 마침내 폭발.
"야! 따뜻한 사랑의 마음이 되어요. 인마, 너 일어서!"

시 읽은 이야기를 해보겠다고 이 글을 시작했는데 처음부터 엉뚱하게 샜다. 아이들과 찌그럭거린 이야기는 입을 벌리면 나만 지질해지는 느낌인데 나도 모르게 되풀이하고 있다. 이젠 끝. 다신 안 한다. 참으로 고마운 것은 우리 아이들이 무엇을 안 하는 것을 좋아하는 아이들이 아니라는 것이다. 무엇을 하는 것을 좋아하는 아이들이다. 욕하고 싸우는 것도 좋아하지만 노는 것을 더 좋아한다.

서로를 길들여보겠다고 부딪친 지 얼마쯤 지났을까. 화단에 목련이 뚝뚝 떨어지고 나비가 날고 교실에는 평화가 온 것 같다. 아이들 눈빛이 내 이마에 콕콕 와 닿는 느낌이 든다. 오늘 마지막 시간, 침을 꿀꺽 삼킨 뒤 빙 돌려서 말을 꺼내보았다.

"아무 책이나 읽고 거기서 놀이 하나 찾아볼까?"

아이들은 교실 책꽂이에 있는 시집을 놀이 책으로 알고 뒤적인다. 책장을 후루룩 넘기며 이런다.

"기차가 나오니까 기차놀이 해요."
"거미가 나오니까 독거미놀이 하고 놀아요."
"음식 만들어요."
"연극해요."

이 정도면 뭐가 될 것 같다. '시라는 것도 볼거리가 되는 것이구나.' 하는 정도로 가고 싶다. 만져보고 건드려보는 정도로, 겉만 핥겠다. 이러다가 가까워지면 속을 파보고 싶은 욕심이 생길 수도 있겠지.

"오늘은 내 맘대로 할 거야. 감각으로 사람 알아맞히기 놀이."

술래가 눈을 감고 코를 벌름거린다. 한 사람씩 살금살금 다가가 술래의 코 가까이에 자기 손을 댄다.

"수건 냄새가 나니까 솔이야."
"마늘 냄새가 나니까 영광이."
"과자 냄새 나는 준이."
"좋은 냄새 나는 태현이."

틀리면 술래 바꾸기. 거의 맞힌다. 어른들한테는 사라지고 없는 감각이다. 손등을 쓰다듬어 살갗에 닿은 느낌으로 알아내기도 거의 안 틀렸고, 소리 듣고 사람 알아내기는 백 퍼센트 맞혔다. 맛으로 맞히기는 괜히 말 꺼냈다가 아이들한테 욕만 먹었다.

"이번에는 사람 대신 시로 해보자."

세 편 골라둔 게 있다. 박소명의 「개미의 장례식」, 유미희의 「보그락 자그락」, 송선미의 「어떤 말들이 노래가 되나」. 한 사람한테 한 편씩 가도록 같은 시를 여러 번 인쇄해서 종이를 오렸다. 종이를 높게 들고 휙 뿌렸다.

"밖에는 꽃이 지고 교실에는 시가 떨어집니다."

아이들은 와, 하고 손을 벌려 시를 집어 들었다.

"쓸쓸한 목소리로 읽기!"

아이들은 교실 바닥을 천천히 밟으면서 쓸쓸한 목소리로 읽는다.

녹은 아이스크림에 쓸려
개미들이 까무룩 죽어 있습니다.

두나랑 채린이가
도란거리며 지나갑니다.

자전거 탄 관호가
쌔앵 달려갑니다.

장 봐 오는 한나 엄마도
바삐 걸어갑니다.

바람이 혼자
나뭇잎 한 장 가져다
가만히 덮어줍니다.

– 박소명, 「개미의 장례식」

"아기를 잠재우는 목소리로 읽기!"

작은 소리로 읽는다.

바지락 캐서 이고 가는
우리 동네 할매들
앞에서 걸을 때마다

보그락!
자그락!

뻘 묻은
노란 장화 속에서 울리는
장단 소리

보그락!
자그락!

집에 가는 길
우리들 걸음까지
가뿐가뿐.

– 유미희, 「보그락 자그락」

"같은 시들끼리 모이기!"

걸어 다니며 시를 읽다가 같은 시를 읽는 목소리가 들리면 소풍 가듯 하나 둘 모여 모둠을 만든다. 한 모둠에 다섯 명씩이다.

"소리 조각 찾아서 연주하기!"

시에 있는 소리 조각 찾아서 입을 악기로 삼아 연주하기. 각각의 소리를 합쳐서 오케스트라 공연. 「어떤 말들이 노래가 되나」 모둠이 무대에 나왔다. 지휘에 맞춰 시작!

"뽀글뽀글뽀글뽀글……"
"반짝반짝반짝반짝……"
"슝슝슝슝……"
"따끈따끈따끈따끈……"
"졸졸졸졸졸졸졸졸……"

차례대로 소리 내고, 소리들이 하나 둘 셋 넷 섞여 배경음악 만들고, 소리 조각 배경음악이 커지다가 다시 작아지면서

"뽀글뽀글반짝반짝슈웅슈웅……"
"따끈따끈졸졸졸졸……"

한 아이가 한 걸음 앞으로 나와 시 낭송.

줄지어 고개 숙인 해바라기를 보며 생각한다
어떤 말들이 노래가 되나
거품을 감고 얌전히 누웠는 비누를 보며 생각한다
이런 건 노래하면 안 되나

어떤 말들이 노래가 되나

하늘에 박힌 별
먼 데서 흐르는 물
닭이 난 따끈한 알
이런 것들은 아직은 멀고
내 것이 아닌 것들

구겨진 수건을 보다가
시원하게 내려가는 변기 물을 보다가
자꾸만 생각하게 된다

이런 말들은 노래가 되나
어떤 말들이 노래가 되나

— 송선미, 「어떤 말들이 노래가 되나」

"뽀글뽀글뽀글뽀글……"

"반짝반짝……"

소리 조각 연주하기 끝. 사실은 소리 조각 연주가 아니라 흉내말들로 노래를 한 것이라 쓰는 게 맞을 것이다. 별빛 다가오는 소리, 금방 낳은 달걀의 두근거림, 콧속으로 들어오는 꽃향기, 얼굴에 닿는 달빛 따위를 정확한 소리시늉말로 붙잡아낼 수 있으면 얼마나 기쁠까. 하지만 아직 우리에게는 무디고 뻔한 흉내말밖에 없다. 비밀의 열쇠를 쥐고 있는 시인의 귀라면 찾아서 들을 수 있지 않을까, 상상할 뿐이다. 이번에는 냄새 찾기.

"두 번째, 시에는 어떤 냄새가 있을까? 냄새를 찾아서 눈으로 보여줘."

냄새를 어떻게 보여주냐고 묻는다.

"나도 몰라. 모르니까 시키는 거지. 어떻게든 해봐."

억지를 부리면 하게 되어 있다.

별이 냄새를 풍기며 서 있고, 수건이 줄에 걸려 냄새를 풍기고, 비누가 웅크려서 냄새를 풍기고, 변기 물이 흐르고. 정지. 여기까지는 알겠는데 그다음부터는 아이들이 무엇을 하고 있는지 나도 모르겠다. 한 아이가 말이 되고 다른 아이가 타고 나머지 아이들은 졸졸졸 뒤따르고 있다.

"세 번째, 촉각!"

남자아이가 엎드려 있고 다른 아이들이 그 등을 문지른다.

"비누. 매끈매끈해요."

한 아이가 다리 벌려 서 있고 다른 아이들이 그 밑을 쑥 빠져나가더니 한 바퀴 구른다.

"알. 따끔따끔해요."
"네 번째, 맛!"

한 아이가 두 손으로 머리를 감싼 채 웅크리고 있다. 다른 아이들이 빙 둘러 모여서 고개 숙이고 있다. 가운데 앉은 아이가 칙칙 소리 내며 자기 머리에 손을 대더니 냄비 뚜껑 여는 시늉을 한다.
"맛있다. 바지락."

쩝쩝 먹는 시늉을 한다.
무엇을 하고 있는지 모를 엉망진창 놀이다. 공부 안 하고 놀았다고 아이들이 좋아한다. 나도 좋다. 세상은 빛, 소리, 냄새 조각으로 가득하고, 조각들을 모으고 빚어서 시가 되고, 우리가 눈, 코, 귀, 입, 살갗으로 사물을 알아차리듯 몸의 감각으로 시와 만나고, 이런 식으로 어떤 공부를 하는 듯한 말을 일부러 입 밖으로 꺼내고 싶지는 않다.

'시는 배울 게 하나도 없다, 그런데 이상한 놀잇감이다.'

이렇게 생각하라지 뭐. ㉥

검은 의자

이틀째 출근이다. 버스에서 내려 학교가 있는 청호동 마을길을 걷는다. 집 옥상에는 명태가 아가리를 딱딱 벌린 채 걸렸고, 파란 하늘에는 흰 갈매기가 난다. 백로가 아니라 갈매기라니. 여기가 바닷가 마을이라는 것을 실감하겠다. 새로 발령 받은 학교에서는 교장 교감 빼고는 내 나이가 가장 많다고 들었다. 그래도 새 학교에 왔으니까 나는 새 선생님이다. 어제 개학식을 했고, 나는 2학년 담임을 맡았다. 아니, 다시 바뀌어서 나는 다시 4학년 담임이 되었다. 어떤 사정인지 모르지만 아무려면 어떠냐. 더 잘된 걸로 여기며 기뻐하겠다.

교실은 구석구석 쓰레기다. 첫날은 발 디딜 자리 겨우 치우고 말았다. 작년에 총각 선생이 쓰던 교실이라 하는데, 뭐에 쫓기듯 팽개치듯 다른 학교로 가버렸다. 떠나는 사람이 어디 이럴 수가 있는가, 한숨을 푹 내쉬며 생각하니

'나야말로 늘 둘레 정리를 못해 뒤숭숭한 인간 아니냐, 그래도 내가 이런 상태보다는 낫지 않을까.'

자신감을 갖게 해준 그 선생이 고맙다.

어디부터 손을 대볼까. 칠판을 반쯤 가린 채 교실 정면에 배짱 좋게 버티고 있는 텔레비전이 거슬린다. 구석으로 밀쳐놓았다. 교사용 검은 의자도 거슬린다. 저런 푹신한 의자에 등 기대고 앉아 있으면 아이들을 내려보게 되어 있다. 검은 의자를 치우고 학생용 나무 걸상을 갖다 놓았다. 검은 의자를 뒤쪽으로 밀어 놓으니 아이들이 자기가 앉겠다고 난리다. 서로 올라타서는 엉덩이를 들이밀며 다툰다.

"내려 와."

내 말에 꿈쩍도 안 하는 아이들이다. 얼굴을 딱딱하게 한 뒤 같은 말을 여러 번 되풀이했다.

"싸우지 마. 싸우지 마. 내려 와. 내려 와. 내려 와. 내려 와……."

겨우 내려왔다.

"거기에는 이제부터 착한 일 한 사람만 앉을 거야. 난 빗자루로 교실 쓸었으니까 거기 앉아야지."

이러면서 앉는 척하고 그러면 옆에서 빗자루질 흉내라도 내는 아이가 생길 법도 한데, 썰렁하다. 공부는 언제 할 거냐고, 수업 시작 시간 되었다고 소리친다. 손에서 빗자루를 놓았다. 첫 시간은 〈읽기〉다. 첫째 단원 첫 장에는 〈새는 새는〉이라는 전래동요가 나온다. 학습 주제는 '반복되는 표현 찾기'로 되어 있다. 재미있을 것 같다. 돌아 돌아서 천천히 다가가고 싶다. '1)시가 어디에서 생겨나는지 찾기, 2)우리들한테 있는 시 찾기, 3)표현이나 글자 수를 반복하는 다른 시 찾아 읽기, 4)교과서 시 읽기' 이런 차례로 계획을 세웠다. 오늘은 1)번 2)번 정도까지 하자. 시작.

가방 속에서 그림책을 꺼내 등 뒤에 감췄다. 길을 걸으며 만나는 사물에 관심을 보이는 한 아이의 이야기다. 책을 읽은 뒤 '시란 둘레 사물과 현상에 눈길을 주는 것이다, 시란 눈과 코와 귀와 손으로 붙잡는 것이다. 우리도 붙잡아 보자.' 이런 말을 하는 것으로 새 학교 공부의 첫발을 떼고 싶었다.

아이들을 가까이 불렀다. 다 모이는 데 한참 걸렸다. 『호주머니 속의 귀뚜라미』를 척 내밀며

"이거 되게 재밌는 책이야. 읽어줄게."

이러면 원래는 호기심 가득한 눈으로 나를 봐줘야 하는 건데, 눈에 빛이 없다. 옆구리 찌르고 발로 차고, 어수선하다. 겨우 조용히 시켜놓으니

"왜 공부는 안 해요?"

따진다.

"아니, 요게 공부인데……."

"그럼 교과서는 왜 가져오라 했는데요?"

그림책을 내려놓았다. 시작을 잘 해보겠다는 마음이 푸시식 꺼지는 듯했지만 마음은 알겠다. 새 교과서 받았으니 어서 펴고 싶겠지.
아이들 하자는 대로 교과서를 폈다.
'5쪽.'
'학습 주제 : 시에서 반복되는 표현을 알아봅시다.'

"읽어 보자. 시작!"

새는 새는

새는 새는 나무 자고
쥐는 쥐는 구멍 자고
소는 소는 마구 자고
닭은 닭은 홰에 자고

돌에 붙은 따개비야
나무 붙은 솔방울아
나는 나는 어디 붙어
꺼부꺼부 잠을 자나
우리 같은 아이들은
엄마 품에 잠을 자지.

새처럼 입을 벌려 읽어야 하는 건데, 읽는 소리가 안 난다. 웅성웅성 웅성. 책상에 발 올리고, 옆 사람 옆구리 툭 치고, 연필을 던져 저쪽 편 이마를 맞추고, 오징어 다리 빨고. 어제부터 내 뒤를 따라다니는 아이는 오늘도 똥침하겠다고 졸졸 따라다니고.

"조용, 조용히! 똥침 하지 마. 손가락 썩어. 넌 오징어 다리 그만 빨아!"
"아침 안 먹었단 말이에요!"

아침을 굶었다는데 다리도 못 빨게 하면 나쁜 선생일 것 같다.

"대신 소리 안 나게 조용히."

우선 이 어수선한 교실을 가라앉혀야 한다. 옆 사람을 토닥토닥 재워보라 했다. 토닥토닥할 때 나는 자장가를 불러 보았다.

"새는 새는 나무 자고, 쥐는 쥐는 구멍 자고, 꼬꼬닭아 우지 마라, 우리 아기 잠을 깰라."

토닥토닥 쳐야 하는데 퍽퍽퍽 때려서 싸움이 일어나고. 다 관두자. 다 봐주기로 한다. 아이들이 내 말을 안 듣는 건 초임 교사 시절인 십 몇 년 전에 겪었고, 그 이후 겪는 일이라 참 오랜만이고 신기하고 반갑다.

"쉿!"

나는 아이들 앞에 웅크려 콩알처럼 몸을 작게 한 뒤 숨도 멈추고 손가락 발가락 눈알도 멈추었다. 떠들던 교실이 잠깐 조용해졌다. 콩알처럼 작게 둥글게 말았던 몸을 천천히 펴고 일어나면서 두 손으로 줄기를 따라 위로 올라가다가 잎사귀 만지는 시늉을 하고 열매를 따는 시늉을 했다. 그리고 말했다.

"시는 나무야. 벌레도 살고 새도 살고……."

시가 뭘까, 한 사람씩 해보라 했다. 다시 시끄러워졌다. 자기네가 유치원이냐고, 몸으로 흉내내는 건 싫다고 한다.

"그냥 말로만 해도 돼."

하겠다는 아이가 없다.

"아무렇게나 말해!"
"……."

떠드는 소리 점점 커짐. 이 녀석들 정말,

"모두 일어서! 말한 사람만 앉아!"

억지로 시켰다. 한 사람씩 차례로 말을 걸고 대답을 받아냈다.

"이 세상 아무거나 말해 봐."
"몰라요."
"맞아, 시는 몰라요야."

참 발표를 잘했다고 칭찬했다.

"시가 뭐야?"
"몰라요."
"몰라요는 쟤가 했잖아. 너는 다른 거."
"……"
"입만 열면 합격."
"나비요."
"왜?"
"……"
"그래, 시는 나비야. 움직이니까."
"시는 엉덩이예요."
"맞아, 시는 엉덩이야. 엉덩이처럼 뜨거우니까."
"시는 바다예요. 시원하니까."
"와, 짝짝짝."

시원스런 대답도 있었지만 삼분의 일쯤 되는 아이들은 끝내 대답을 못했다. 옆 사람이 무엇을 하고 있는지, 내가 무엇을 하라 했는지 이해를 못하는 것이다. 모르면 입이라도 좀 쉬고 있어야 할 것 아니냐. 잠깐 머뭇거리면 금방 시장 바닥이다. 이런 상태에서는 책이고 뭐고 다 소용없다. 종이를 한 장씩 내줬다.

"이제부터 시험이야."

그런 게 어딨냐고 따진다. 무시하고 일제고사 문제를 불렀다.

"1번 문제. 선생님은 방금 시는 뭐라고 말을 했을까요? '나' 자로 시작하는 건데. 키가 큰 거."

'나무'를 생각해낸 아이가 꽤 되는 것 같다. 슥슥슥 답을 쓰는 소리가 난다. 시험의 위력은 대단하다. 조용해졌다.

"2번 문제. 보경이는 방금 시는 뭐라고 말을 했을까요? '나' 자로 시작하는 곤충인데. 날아다니는 거."

'나비'라고 적은 아이가 많지 않은 것 같다.

"시험 본다고 미리 말을 해야지! 짜증나, 씨이."

안경 쓴 남자아이가 눈에 불을 켜고 노려본다. 남들 발표할 때 조용히 하라는 내 말 무시하고 계속 떠들던 아이다. 나도 네 말 무시하고 계속 문제를 부른다.

"3번 문제, 대종이는 뭐라고 했을까? '엉' 자로 시작하는데."

짜증난다던 아이는 종이를 연필로 좍좍 긋는다. '아 짜증나 씨팔 몰라' 이런 소리가 내 귀에 들린다.

"4번 문제……"

종이를 연필로 그었던 아이는 종이를 와락 구긴다. 종이를 찢는 다. 에이 시발시발 욕하며 쓰레기통 쪽을 향해 던진다. 책상을 주먹 으로 꽝 치며 엎드린다. 뭐든 틀리는 걸 못 참는 아이인가 보다.

"거 봐, 떠들면 손해잖아."

크크. 시험은 계속 진행. 15번까지 문제를 낸 뒤 정답을 불렀다.

"1번 선생님 – 나무"
"2번 보경이 – 나비"
"3번 대종이 – 엉덩이"
"4번 ○○○ – 모른다"
"5번 ……"
"15번 – 산"

한 문제에 10점씩 해서 30점 맞은 아이도 있고 60점 맞은 아이 도 있고 110점 맞은 아이도 있다. 종이를 구겨 던진 채 책상에 엎드린 아이만 빼고 다들 30점은 넘은 것 같다.

"30점 넘은 사람은 모두 합격!"

녀석들이 "와아" 하며 기뻐한다. 함성 끝에 얼른 기회를 잡아서
내 말을 붙인다.

"이쪽에서 말하면 저쪽에서 떠들고, 저쪽에서 말하면 이쪽에서
떠들고. 이건 서로 잡아먹는 교실이다. 서로 들어주는 교실이 되어
야 우리들 마음이 모아지고, 우리한테 보물이 생기고, ······."

몇 마디 늘어놓기도 전에

"책은 언제해요?"
"좋아, 책 펴자. 방금 시가 나비고 엉덩이고 바다라고 했지. 우리
이제 책 속에 있는 시가 나비처럼 훨훨 움직이는지, 엉덩이처럼 뜨
거운지, 바다처럼 시원한지 찾아보자."

이러면서 책을 폈다. 시발시발하며 종이를 찢어 던지고 빵점 맞
았던 아이는 책을 저쪽으로 팍 밀쳐버린다. 팔짱을 딱 낀다. 아, 센
놈이다. 봐주겠다. 같이 가겠다.

"다시 책 덮어!"

웅성웅성한다. 아예 두 입술이 벌어질 틈을 주지 말자.

"셋을 세겠다. 셋!"

아이들이 책을 덮었다.

"퀴즈 대결!"

또 시험이냐고 묻는다. 이번에는 상을 줄 거라고 했다.

"뭘 줘요?"

검은 의자에 앉을 자격을 준다고 했다. 아이들이 목숨 걸었다. 팔짱을 딱 끼고 시발시발 노려보던 아이도 상이라는 말에 관심을 가지는 눈빛이다.

"1번 문제. 〈새는 새는〉에는 동물이 몇 마리 나올까요?"

아이들이 자기 머리 위로 손가락을 폈다. 손가락이 두 개도 있고 다섯 개도 있고 여섯 개도 있다.
팔짱 끼었던 아이도 팔짱을 풀고 손을 높이 든다. 손가락을 다섯 개 폈다.

"확인! 책 펴."

아이들이 얼른 책을 펴서 동물을 센다. 그 아이도 밀쳐두었던 책을 끌어당겨 잽싸게 책을 편다.

"새, 쥐, 소, 닭, 따개비……."

'엄마'와 '나'는 동물로 쳐야 하나 어찌해야 하나. 할 수 없이 다섯이나 여섯이나 일곱이라고 대답한 아이는 모두 맞은 걸로 했다. 맞은 아이들이 기뻐 소리친다.

"책 덮어!"

책 덮었다.

"2번 문제. 잠자는 곳은 몇 군데나 나올까요?"

손가락을 펴서 표시했고, 책을 펴서 확인했고, 맞은 아이는 얼굴이 확 펴졌다.

"책 덮어!"

그 아이는 얼른 안 덮고 다음 문제를 맞추기 위해 손가락으로 빠르게 밑줄을 그어가며 중얼중얼 시를 읽고 또 읽는다.

"늦게 덮는 사람은 반칙."

이러면서도 일부러 시간을 더 준다.

"3번 문제. 이 시는 모두 몇 줄일까요?"

책 펴서 확인. 그 짧은 시간에 아이들은 시를 읽고 또 읽는다. 반칙하는 아이가 더 늘었다.

"책 덮어. 4번 문제. 이 시는 몇 글자씩 반복될까요?"
"5번 문제. 반복되는 말에는 뭐가 있을까?"

세 개 이상 맞힌 아이가 네 명이다. 네 명한테는 상으로 검은 의자에 1분씩 앉을 자격을 주겠다고 했다. 1분은 너무 짧다고 더 달라고 애원한다. 냉정하게 잘랐다.

"1분!"

시발거리던 아이도 검은 의자에 앉을 자격을 얻었다. 환하게 웃는 걸 보니 앞으로 내 편이 되어줄 것 같다.

"다음 문제. 다 같이 소리 내어 읽기. 시작!"

이제야 다 같이 소리 내어 시를 읽는다. 또 문제를 낼지도 모르니까 아이들이 눈을 안 떼고 읽는다. 한 사람도 빠짐없이 읽는다.

"다음 문제. 흉내내기!"

나는 소리 내어 시를 읽고, 읽다가 멈췄다.

"새는 새는"

아이들은 양팔을 옆구리에 붙이고 날아가는 시늉을 한다.

"나무에 잠자고"

나는 읽는다. 아이들은 날아가다가 고개를 팩 누워 한쪽 어깨에 붙이고 눈을 감는다.

"쥐는 쥐는"

이빨을 드러내고 두 손을 턱 밑에 모은다.

"구멍에 잠자고"

손을 동그랗게 감싸고 자기 머리를 넣는다.
이쯤에서 같은 말 되풀이하는 것과 글잣수 맞추는 걸로 리듬을 만드는 것, 심장소리처럼 박자를 맞추어 토닥거리면 아기가 잠이 온다는 것 따위를 아주 짧게, 아이들이 떠들기 전에 얼른 말했다.

"다음 문제. 같은 말을 반복해서 노래하면 아기 말고 옆 사람 말고 새 말고 쥐 말고 또 뭐가 잠잘까?"

이번에도 발표 잘하는 사람은 검은 의자에 앉을 자격을 주기로 했다. 서로 말하겠다고 손들고 엉덩이 들고 펄쩍펄쩍 뛴다.

"똥은 똥은 변기통에 잠을 자고"
"좋았어. 합격!"

합격한 아이가 의자에 앉으러 갔다.

"차는 차는 주차장에 잠을 자고"

"합격."

검은 의자에 가서 줄을 선다.

"사랑은 사랑은 가슴속에서 잠을 자고."

사랑은 가슴속에서 잠을 잔다는 말에 가슴이 벅찼다.
어거지로 한 시간 마쳤다. 아이들은 떠들고 욕하고 싸우고 나는 큰 소리로 말하고. 아이고, 힘이 쪽 빠졌다. 🌀

할머니 리어카

작은 배들이 바다 가득 떠서 들어온다. 새벽일 나갔던 배들이 아침 장이 서는 시간에 맞추어 들어오고 있는 것이라 한다. 학교 담장에 붙어 서서 반짝거리는 바다와 작은 배와 소주 마시는 어른들을 바라보다가 교실에 들어왔다.

아이들이 하나 둘 다가와 말을 붙인다. 지혜는 향기로운 똥 이야기를 했다. 떨어질 때 똑바로 서는 똥이 좋은 똥이라고, 푹 퍼지면 안 된다고, 삼촌이 거친 음식을 먹으라 했다 한다. 지혜네 삼촌은 공장에서 일하다가 기계에 한쪽 어깨를 다쳤다는데, 아이한테 해줬다는 말을 들어보면 보통 분이 아닌 것 같다. 푹 퍼진 똥과 똑바로 선 똥을 종이에 그리면서 웃었다. 주현이는 박스 줍는 노인 이야기를 한다. 팔 없는 할머니가 아침마다 리어카에 애기를 싣고 가서 놀이방에 내려놓고는 박스 줍는다고, 동네에 박스 줍는 분이 둘이라고 한다.

준익이는 자기가 노래를 하나 지었다고 까불거리며 노래를 불렀다.

"좀, 좀, 좀, 좀이 쑤신다. 밖으로 뛰어나가 놀고 싶어 좀이 쑤신다……"

이상교 시 「좀이 쑤신다」인데, 지가 맘대로 음을 붙였다. 노래가 되는 것 같기도 하고 어디선가 들은 음 같기도 하다. 나도 따라 불렀다. 주먹 쥐고 씩씩하게 불렀다. 이어서 쏟아지는 비난.

"준익이 노래는 명랑한데 쌤이 하는 건 이상해."
"무조건 슬퍼."
"야야 늙으면 원래 그래."

저리 가라 밀치고는 귀를 막고 엎드렸다. 나이가 몇이냐, 왜 그렇게 늙었냐, 못생겼냐, 노안이냐, 이런 말들이 귀를 파고든다. 이럴 때 "야, 선생님한테 그러면 안 돼." 이런 아이가 하나쯤은 있어야 하는데, 서운하게도 그 하나가 없다.

오후 특활 시간에는 꽃따기 놀이 비슷한 낱말 따기 놀이를 했다. 아이들을 두 편으로 갈라 마주 서게 하고, 옆 사람과 어깨동무하고 노래 부르며 밀었다 당겼다 걷다가, 저쪽 편 아이들이 "보여 주세요." 하면 정지. 술래가 된 쪽이 몸짓으로 낱말을 표현하고 상대편에서 맞히는 놀이다.

"내가 똥이 똑바로 서는 음식을 먹었거든. 뭘 먹었을까."
내가 종이에 글자를 써서 술래 편 아이들한테만 보여줬다. 놀이 시작.

"우리 집에 왜 왔니 왜 왔니 왜 왔니."

"보여주러 왔단다 왔단다 왔단다."
"무엇을 보여주려 왔느냐 왔느냐."
"이것을 보여주려 왔단다 왔단다."
"보여 주세요!"

술래 편 아이들이 저마다 몸짓을 한다. 혀 내밀고 헥헥거리는 아이, 입 딱 벌리고 손을 털어 입에 바람 넣는 아이. 저마다 아아악, 헥헥헥.

"고추!"

저쪽 편 아이들이 바로 맞혔다.
이번에는 술래 편을 바꿨다. 새 낱말을 보여준 뒤, 다시 시작.

"우리 집에 왜 왔니 왜 왔니 왜 왔니."
"보여주러 왔단다 왔단다 왔단다."
"무엇을 보여주려 왔느냐 왔느냐."
"이것을 보여주려 왔단다 왔단다."
"보여 주세요!"

술래 편 아이들 몸짓. 꾸부정하게 걷다 멈추는 아이, 에이고 하며 허리, 등을 툭툭툭 두드리는 아이.

"할머니!"

이번에도 바로 맞혔다. 금방 맞히는 게 신기해서 물어봤다.

"구부정하게 걷는 게 할머닌지 할아버진지 어떻게 알아?"

허리 두드리며 걷는 건 똑같은데 할머니는 가뿐가뿐 걷고 할아버지는 쿵쿵 걷는 게 다르단다. 할아버지는 소주병 같은 것도 들고 있다 하고.

고추, 할머니 말고도, '리어카' '신문지' '라면박스' 같은 걸 주고 낱말 따기 놀이를 했다. 둥그렇게 다시 모였다. 내가 물었다.

"낱말 따기에 나온 할머니, 리어카, 신문지, 광고지, 헌 잡지, 라면박스로 시를 쓴다면 어떤 시일까?"
"폐지 삼 형제 이야기?"

신문지, 광고지, 헌 잡지를 폐지 삼 형제라고 생각했나 보다.

"마트로시카!"

마트로시카는 인형 안에 또 인형 있고, 그 안에 또 인형 있는 러시아 인형이라 한다. 리어카 안에 라면 박스 있고, 그 안에 신문지 있고, 그 안에 광고지가 있는 시를 쓸 것 같다고 한다.

"대충 맞아. 할머니가 박스, 종이 이런 거 모으는 이야기야. 그런데 시인은 어째서 아, 저걸로 시를 써야지, 이런 생각이 들었을까?"

"종이 모으는 이유가 궁금해서요."
"할머니를 걱정하는 마음."
"할머니가 리어카 끌고 가는 게 불쌍해서 시를 썼을 거에요."

내가 "그럼 실제 시를 공개하겠습니다" 하고는 할머니, 리어카, 신문지, 라면박스로 쓴 시를 나누어주었다.

야, 우리 동네
할머니 리어카다

할머니 혼자 어떻게 사나?
무얼 먹고 사나?
라면은 있나?
우리 한번 가 보자

라면 박스,
신문지,
광고지,
헌 잡지,
차례차례

리어카에 올라탔어요.

    – 유강희, 「할머니 리어카」

다 읽자마자 아이들이 한마디씩 한다.

"우리 할머니도 라면 먹는데."
"높임말 써야 되는데 반말 썼어요."
"높임말 쓰면 친근감이 없어요."
"라면박스 신문지가 말을 해요."

아이들 말은 여기까지다. 만족스럽지 않다. 하지만 반응을 더 끌어내리라, 우물쭈물 시간을 끌면 금방 좀이 쑤셔서 웅성웅성 눈빛이 흩어진다. 나한테 말하게 하는 것보다는 저들끼리 주고받으며 무엇이든 찾아가는 게 낫다.

"이 시로는 무엇을 하면 좋을까?"

셋씩, 넷씩 모여 의논 시작. 큰 소리로 다투기도 하고 진지하게 의견을 내놓기도 한다.
혜지네는 리어카 끌고 폐지 찾으러 다니는 놀이를 만들었다. 눈 가리고 술래잡기랑 꼬리잡기 섞은 것 같은 놀이다. 혜지가 만들었으니까 이건 '혜지 놀이'다. 혜지 놀이 시작!
할머니가 술래. 아이들은 라면박스, 신문지, 광고지가 되어 교실 어딘가에 숨었다. 책상 밑에, 문 뒤에, 우산꽂이 뒤에 숨어서 눈만 빼꼼 내밀고 조마조마 살핀다. 할머니는 눈 가리고 아이들 찾으러 다닌다. 한 아이는 리어카가 되어 할머니를 따라다닌다. 술래가 위험한 곳으로 가면 뒤에 리어카가 끈을 당겨 알려준다. 더듬더듬 찾아서 잡힌 아이는 리어카 뒤를 줄줄이 따라다녔다. 광고지도 잡혔고 라면 박스도 잡혀서 줄줄이 리어카 뒤를 따른다.

이런 놀이 만든 까닭을 물었더니, "시에서 폐지들이 스스로 리어카에 탄다고 한 게 재미있어요." 한다.

지영이네는 '지영 놀이'를 만들었다.

"폐품이랑 할머니랑 사이가 좋잖아요. 그러니까 나 여기 있다고 알려줄 것 같아요."

할머니와 폐지의 관계를 발견한 거다. 지영 놀이 시작!

할머니는 눈 가리고 폐지 찾으러 다닌다. 역시 한 아이는 리어카가 되어 할머니를 따른다. 아이들은 박스 광고지 헌 잡지가 되어서 10초마다 박수를 치거나 목소리를 내어서 자기 있는 곳을 알린다. 소리 끊기면 탈락.

"짝, 짝, 짝……"
"아, 아, 아……"
"여기, 여기, 여기……"

할머니는 더듬더듬 소리 나는 쪽으로 가서 숨어있는 아이들을 잡는다. 헌 잡지도 들키고 광고지도 걸려서 차례로 수레에 올랐다.

"오늘은 여기까지!"

자기도 놀이 만들었다고, 자기네 놀이도 하겠다고 난리치는 아이가 있지만 끝날 시간이 다 되었다. 다음에 또 하자고 아이들을 달랬다. 다음에 꼭 해야 된다고 경민이가 다짐을 받은 놀이는 혜지 놀이랑 지영 놀이에서 할머니와 좀 더 가까워진 거다. 뭐 한 사람은 할머니고, 두 사람은 수레가 되어서 엎드리는데, 할머니가 수레를 붙들고 있다가 이마에 땀을 닦으며 "아이 힘들어." 이러면 그 순간 아이들이 수레에 올라탄다나. 할머니가 줍는 게 힘드니까 폐지들이 스스로 올라타게 하는 거다.

마지막으로 「할머니 리어카」를 한 번 더 읽고 생각나는 걸 한마디씩 했다.

놀이가 여러 가지니까 시의 느낌도 여러 가지가 있어요. 대한
이 시는 할머니가 술래잡기하는 아이들을 수레에 담는 것 같다. 준익
지은이가 개구쟁이일 거예요. 지현
폐지가 아이들처럼 되어서 할머니를 걱정하고 좋아하고 친구처럼 된 것 같아요. 할머니는 아이들이랑 얘기하는 것처럼 박스랑 헌 잡지를 리어카에 올리고 있어요. 경보
박스랑 잡지랑 말하는 거 보니까 할머니랑 친하고, 할머니 형편을 잘 아니까 리어카에 탔어요. 모르는 사람이라면 리어카에 안 탈 거예요. 지혜
할머니, 리어카, 폐품이 나오면 무슨 시를 쓸지 뻔한데, 보통 사람은 불쌍하다, 도와주자 이런 걸 쓸 텐데 이 시는 예상을 깼어요. 사람이 아닌 물건이 말하도록 쓴 게 신기해요. 마음이 뻥 뚫려 있어요. 혜지

놀이할 때도 그렇고, 생각을 들어봐도 그렇고, 아이들은 할머니가 리어카에 폐품을 주워 담는 게 아니라, 리어카에 폐품이 스스로 올라타는 게 새로웠나 보다. 「할머니 리어카」는 화자를 엉뚱하게 바꾸었기 때문에 흔하게 보고 지나칠 장면들이 새롭게 살아났다.

"수레 끄는 할아버지 봤는데요, 박스가 혼자 안 타던데요. 할아버지가 니넨 다 죽었다 하면서 혼자 찾아다니던데요. 엄청 많이 찾았어요. 박스 높이가 이만해요. 안녕 빠이빠이 하고 인사했어요."

다음날 아침 우리 반 경보가 한 말이다. 시인의 눈길에 닿아 머물렀던 장면들이 독자의 걸음을 멈추게 했고 둘레 세계를 빛나게 했다. 둘레를 귀하게 보는 일은 곧 자기가 귀해지는 일이기도 할 것이다. ❀

추천의 말

· · · ·

인용 시 목록

· · · ·

동시교육의 앞날을 지금, 여기에서 엿보다

김상욱(춘천교대 국어교육과 교수)

초등학교 교실은 팍팍하다. 선생님은 선생님대로, 아이들은 아이들대로. 큰 대도시의 학교나 조촐한 시골의 학교나 다를 바가 없다. 가만 속내를 들여다보면 우리 교육이 어디로 가고 있나 울화가 치미는 일이 한둘이 아니다.

우선 선생님들은 무진장 바쁘다. 예전 물 위를 걷는 법이란 우스개가 생각난다. 한 발이 빠지기 전에 다른 발을 내딛으면 된다고 했다. 우리 선생님들은 이 불가능한 일을 한다. 쏟아져 나오는 공문 답하랴, 입력해야 할 문서 작성하랴, 바뀌는 교과서와 교육정책에 맞춰 수업 준비하랴. 한 발이 빠지기 전에 열심히 다른 발을 내딛는 중이다. 아이들 곁에 딱 붙어서 배우며 가르치는 즐거움을 누릴 여유는 어디에도 없다.

아이들은 또 어떤가. 아이들도 바쁘다. 친구들과 노느라고 바쁜 것이 아니라, 공부를 하느라고 바쁘다. 성취도 검사는 뒤처진 아이들을 돕기 위해서가 아니라 학교 평가와 교사 평가로 연결되면서, 전국의 아이들을 성적에 따라 줄을 세우려 든다. 초등학교 때부터 강고한 경쟁의 사슬에서 행여 뒤떨어질세라 허겁지겁 사다리를 기어오르기에 급급하다. 컨베이어벨트에 올라서서 그저 앞으로 막 걸음을 떼놓을 뿐이다.

무엇보다 아이들은 아이들의 시간을 보내야만 한다. 어른의 척도로 바람직한 아이의 모습이 되기 위해 전전긍긍할 것이 아니라, 성장의 과정 속에서 딱 그만한 또래가 누릴 수 있는 모든 지적, 정서적 경험을 다 해 보아야 한다. 다른 친구들을 만나며 나 아닌 다른 사람의 생각과 느낌에 공감할 수 있어야 하며, 크고 작은 자연을 마주 하며 자연과 다를 바 없는 원래 인간의 삶이 어떠해야 하는지를 깊이 내면화할 수 있어야 한다. 그러자면 친구들과 함께 산으로, 들로, 강으로 뛰어다니며 노는 것이야말로, 그 무엇보다 필요한 성장의 자양분이다.

그럼에도 학교는 점차 정반대의 방향으로 치닫고 있다. 학교는 턱없이 졸아든 가슴과 상대적으로 더욱 커진 머리만 있는 가분수의 아이들을 길러내고자 한다. 더욱이 커진 머릿속에 들어차 있는 것도 끄집어내 보면, 그다지 소망스러운 것도 아니다. 경쟁에서 살아남기 위한, 낱낱의 흩뿌려진 지식의 편린들이 켜켜로 쌓여 있을 따름

197

이다. 경쟁에서 살아남는 극소수의 아이들과 이미 뒤처졌거나 서서히 이탈하는 수많은 아이들, 어느 누구도 행복할 수 없는 맹목적인 자본의 질서가 우리의 머리 위를 짓누르고 있는 셈이다.

문학교육은 이 황당한 질서에 균열을 낼 수 있는 많지 않은 대안 중의 하나이다. 문학은 예술의 일종이기에 그 자체로 거듭 삶의 본질이 무엇인지를 되묻는 장르이기 때문이다. 무엇이 참된 아름다움인지를 탐구함으로써, 우리네 삶을 되돌아보게 만든다. 문학은 수학이나 과학, 윤리나 사회가 간과한, 삶의 근원적인 모든 것들에 해답이 아닌 질문을 제기하고, 당연한 것을 의문시하며, 그 이면을 엿보고자 한다. 그러기에 문학은 이 음울한 자본의 시대에도 아마존의 밀림과 같은 숨 쉬는 허파의 역할을 한다. 이미 경쟁에 찌든 답답한 어린이들에게도 새 숨을 쉴 수 있는 허파가 필요함은 물론이다. 숨 쉴 수 있는, 다른 눈으로 세상과 사물을 가늠해 볼 수 있어야 한다.

그러나 정작 국어교육 속에 이루어지는 우리의 문학교육은 그 맡은 바 역할을 다하고 있는지 심히 의아한 지경이다. 교육과정의 내용이라 지칭되는 학습목표에 매몰된 채, 작품을 읽고 생각하고, 느끼고, 깨닫고, 감동하는 모든 총체적인 과정을 낱낱의 기능으로 해

체해버리고 만다. 교과서 역시 좋은, 감동적인 작품이 아니라 이 학습 목표를 가장 잘 만족시키는 기법이 승한 작품들이 제시되고, 학습자들은 거듭 반복되는 조각난 활동을 함으로써 문학이 주는 즐거움과 감동으로부터 오히려 멀어지게 된다.

예컨대 초등학교 1학년 시교육의 교육과정 내용, 곧 학습목표는 시에서 '반복되는 말'을, 5학년에서는 '인상적인 표현'을 공부한다. 그리고 이를 가장 잘 드러내고 있는 동시들을 통해 반복되는 말과 인상적인 표현을 찾는다. 이 과정에서 기초적인 이해를 제외한 읽는 독자의 느낌과 생각, 새롭게 발견한 관점 등이 개입할 여지는 전무하다. '반복되는 말', '인상적인 표현'이 거듭 확인되는 것으로 끝이다. 이는 결코 시를 읽는 온당한 방식일 수 없다. 시는 언제나 전체로 마주쳐야 하며, 시는 언어의 문제 이전에 삶을 바라보는 관점의 문제가 중심이 되어야 한다. 그럼에도 우리의 시 교육은 여전히 형식에 치중하고 있으며, 그 또한 분절된 지식을 시 작품을 통해 습득하는 것에 그치고 있다.

그런데 정작 있어야 할 시 교육은 지극히 단순, 명료하다. 좋은 시 작품을 함께 읽고 느낌을 나누고, 새롭게 바라보고 깨닫게 된 것이 무엇인지, 시의 어떤 점이 내 마음에 무늬를 남겼는지 생각을 나누면 그만이다. 시를 통해 사람과 사물, 삶과 현실과 세계를 보는 느낌과 생각이 어떻게 달라졌는지, 그리하여 우리의 마음 씀씀이와 세상을 보는 시야가 더 넓고 깊어진다면 그것으로 충분한 것이다. 이를 위해 우리는 안타깝지만, 교과서를, 교육과정을 버리고, 그 빈 자리를 새로운 모색과 실험으로 채워야 한다. 그리고 여기 그 모색과 실험의 한 모범적인 예시가 있다.

이 책을 쓴 탁동철 선생은 초등학교 선생님이다. 햇수로 이십 년 넘게 아이들과 함께 배우고 가르치는 중이다. 배우고 가르치는 중에도 꾸준히 스스로 한 일과 해야 할 일들을 되돌아보는 데에 게으르지 않아, 여러 책들을 펴냈다. 아이들의 시 모음집인 『까만 손』은 이오덕 선생의 『일하는 아이들』, 임길택 선생의 『아버지 월급 콩알만 하네』와 비견될 만한 소박하나 가열찬 시교육의 결과물이다. 이와 함께 한국글쓰기교육연구회에 이은 〈글과그림〉 동인으로 활동하면서 일구어낸 성찰들을 모은 산문집 『물푸레나무 그늘』을 펴냈다. 그리고 격월간 동시전문지인 《동시마중》 편집위원으로 동시와 한결 가까이 다가서고 있는 중이다.

그러나 탁동철 선생에게 가장 중요로운 일은 당연히 교실에서 먹머루빛 눈동자를 지닌 아이들을 가르치는 일이다. 그는 줄곧 강원도의 산골 작은 학교에서 근무했다. 미처 열 명도 되지 않는 아이들과 함께 교육과정을 운영해 왔다. 그가 꾸려온 교육과정은 적어도 동시 교육의 경우 결코 기존의 교육과정과 교과서만을 가르치기에 급급한 것은 아니었다. 거듭 새로운 시야, 새로운 탐구, 새로운 경험이 뒷받침되는 가운데, 동시교육의 전범이라고 해도 좋을 실천을 덧쌓아왔다. 그리고 여기 모인 글들은 그 교육적 실천의 생생한 사례들이다.

그는 무엇보다도 동시를 바라보는 온당한 관점을 지니고 있다. 이는 무엇보다 형식주의를 단호히 배척하는 것으로 비롯된다. 물론 동시도 마찬가지겠지만 모든 예술은 근본적으로 형식의 새로움에 뿌리를 두고 있다. 그러나 그 형식은 결코 제 홀로 날뛰지 않는다. 내용이 뒷받침되어야만 형식은 비로소 자신의 몸을 누일 처소를 얻는다. 따라서 문학은, 동시는 언제나 내용을 앞세우고, 내용의 우산 아래에서만 온전히 제 의미를 갖는다. 물론 문학에서, 동시에서 내용은 사물과 삶, 경험을 바라보는 관점의 문제이다. 이는 '새 눈'에서 잘 드러난다. 새로운 관점으로 사물과 경험을 바라보자면 당연히 보고, 듣고, 냄새 맡고, 만져보아야 한다. 탁동철 선생은 다음과 같이 동시교육, 나아가 교육의 근본을 틀어쥔다.

> "보려고 하면 개미 눈에 맺히는 눈물이 보인다. 개 이빨 사이에
> 낀 고춧가루가 보인다. 들으려 하면 거미 눈알 돌아가는 소리가
> 들린다. 눈 녹는 소리가 들린다."
> 네가 본 것, 들은 것, 말한 것이 우리 공부의 시작, 이 교실의 시
> 작, 이 세상의 시작.

이 흠잡을 데 없는 명제로 선생은 아이들과 함께 몇 편의 동시를
함께 읽고, 얘기를 나누고, 다시금 경험으로 되돌아온다. 경험을 통
해 동시를, 동시를 통해 경험으로 실천을 진전시키고 있는 것이다.
이와 같은 사례는 이 책의 곳곳에 터를 잡고 있다. 탁동철 선생은
아이들과 견고하게 일체가 되어 동시를, 경험을, 삶을 밀어가는 셈
이다.

사실 이 결곡한 교실에서의 경험을 책으로 마주하는 것은 탁동
철 선생의 교육적 실천에서 한 조각, 편린에 불과할 것이다. 그러나
그의 교실을 엿보지 못하는 우리는 이 몇몇 조각을 통해, 이 책에
담긴 몇 편의 글을 통해 미루어 짐작할 수 있을 뿐이다. 의당 있어

야 할 문학교육, 동시교육을.

　더러 과연 이렇게 할 수 있을까, 이것이 현실적으로 가능할까라는 의문을 얻기도 할 것이다. 고작 대여섯 명의 아이들이 있는 환상적인 교실에서나 할 수 있을 거야, 탁동철이란 괴물이나 하지 누가 할 수 있기나 할까라고 유보하기도 할 것이다. 그러나 길이 있으면, 그리고 그 길이 마땅히 가야 할 길이라면, 가능성과 현실성, 특수성을 따지기 전에 일단 가보아야만 한다. 특히 교육은 그러하다. 교육은 미래를 향해 열려 있어야 한다. 교육은 가장 참다운 것에 눈을 돌려야지, 현실적 가능성을 저울질할 필요가 없다. 그저 앞으로 내닫기만 하면 된다. 꿈을 현실로 미래를 현재로 바꾸기 위해 교육을 하지, 현실과 꿈을 분리하고 미래와 단절된 현재를 이어가기 위해 교육을 하는 것은 아니지 않은가. 꿈은 새로운 이야기의 시작인 것이다. 새로운 첫걸음을 딛는 이들에게 이 책이 든든한 지남이 될 것이다.

인용 시 목록
(본문수록 순)

이 안　「모과」, 『고양이와 통한 날』(문학동네, 2008. 11. 초판)

김환영　「감 한 쪽」, 『깜장 꽃』(창비, 2010. 11. 초판 1쇄)

이상교　「먼지」, 『먼지야, 자니?』(산하, 2006. 5)

임길택　「봄, 쇠뜨기」, 『산골 아이』(도서출판 보리, 2002. 11. 초판 1쇄)

이무완　「늦잠」, 《동시마중》(2010. 5·6월. 창간호)

김은영　「층층나무 꽃」, 『선생님을 이긴 날』(문학동네, 2008. 3. 초판)

윤동재　「재운이」, 『재운이』(창작과비평사, 2002. 12. 초판)

권정생　「고무신 3-재운이네 동무들에게」, 『내가 너만 한 아이였을 때』(어린이
　　　　교육연구회 엮음, 현암사, 2007. 4. 2판 1쇄)

황시백　「논」, 《글과그림》(2007년 6월호)

임길택　「개구리」, 『할아버지 요강』(보리, 1995. 초판 1쇄)

김환영　「논 주인」, 『깜장 꽃』(창비, 2010. 11. 초판 1쇄)

김환영　「들리지 않는 말」, 『깜장 꽃』(창비, 2010. 11. 초판 1쇄)

임길택　「이 세상 끄떡없다」, 『한국동시 100년에 빛나는 동시 100편』(오늘의동
　　　　시문학 엮음, 예림당, 2008. 12. 1판 1쇄)

도종환　「생강나무꽃」, 『누가 더 놀랐을까』(실천문학사, 2008. 6. 초판)

김용택　「제비집」, 『콩, 너는 죽었다』(실천문학사, 2003. 4. 재판 1쇄)

도종환　「썩은 감자」, 『누가 더 놀랐을까』(실천문학사, 2008. 6. 초판)

강삼영　「푸른 감 붉은 빛 돌 때」, 《우리 말과 삶을 가꾸는 글쓰기》(한국글쓰기 교육연구회, 2010. 1월호)

김용택　「감나무」, 『콩, 너는 죽었다』(실천문학사, 2003. 4. 재판 1쇄)

김자연　「다른 생각」, 『감기 걸린 하늘』(청개구리, 2010. 1. 1판 1쇄)

유강희　「도토리묵」, 『오리발에 불났다』(문학동네, 2010. 7. 초판)

권태웅　「도토리들」, 『감자꽃』(창작과비평사, 1997. 11. 초판 5쇄)

안도현　「참새들」, 『나무 잎사귀 뒤쪽 마을』(실천문학사, 2007. 6. 초판 3쇄)

정유경　「새」, 『까불고 싶은 날』(창비, 2010. 8. 초판 1쇄)

박목월　「참새의 얼굴」, 『오리는 일학년』(비룡소, 2007. 4. 1판 3쇄)

이혜영　「모서리」, 『연둣빛 나라』(문원, 2002. 3. 초판 4쇄)

도종환　「바구미」, 『누가 더 놀랐을까』(실천문학사, 2008. 6. 초판)

안도현　「야옹, 하고 소리를 내봐」, 『나무 잎사귀 뒤쪽 마을』(실천문학사, 2007. 6. 초판 3쇄)

임길택　「할아버지 요강」, 『할아버지 요강』(보리, 1995. 초판 1쇄)

백　석　「산비」, 『귀뚜라미 나와』(겨레아동문학연구회 엮음, 보리, 2004. 9. 1판 10쇄)

곽해룡　「가을 나무」, 『맛의 거리』(문학동네, 2008. 12. 초판)

이원수 「달밤」, 『너를 부른다』(창작과비평사, 2000. 12. 개정판 8쇄)

유강희 「파리」, 『오리발에 불났다』(문학동네, 2010. 7. 초판)

서정홍 「아버지 일옷」, 『우리 집 밥상』(창작과비평사, 2003. 7. 초판)

이원수 「솔방울」, 『너를 부른다』(창작과비평사, 2000. 12. 개정판 8쇄)

이원수 「햇볕」, 『너를 부른다』(창작과비평사, 2000. 12. 개정판 8쇄)

박소명 「개미의 장례식」, 《동시마중》(2011. 3·4월호. 6호)

유미희 「보그락 자그락」, 《동시마중》(2011. 3·4월호. 6호)

송선미 「어떤 말들이 노래가 되나」, 《동시마중》(2011. 3·4월호. 6호)

유강희 「할머니 리어카」, 『오리발에 불났다』(문학동네, 2010. 7. 초판 1쇄)